我们飘荡的河流

刘付德金 ◎ 著

广东人民出版社
·广州·

图书在版编目（CIP）数据

我们飘荡的河流 / 刘付德金著. -- 广州：广东人民出版社，2025.9. -- ISBN 978-7-218-17690-1

Ⅰ．I247.5

中国国家版本馆 CIP 数据核字第 202414B8G9 号

WOMEN PIAODANG DE HELIU
我们飘荡的河流

刘付德金 著　　　　　　　　　　　　　版权所有　翻印必究

出 版 人：肖风华

责任编辑：陈泽洪
责任技编：吴彦斌

出版发行：广东人民出版社
地　　址：广州市越秀区大沙头四马路10号（邮政编码：510199）
电　　话：（020）85716809（总编室）
传　　真：（020）83289585
网　　址：https://www.gdpph.com
印　　刷：广东鹏腾宇文化创新有限公司
开　　本：890 mm × 1240 mm　1/32
印　　张：9.75　　字　　数：180千
版　　次：2025年9月第1版
印　　次：2025年9月第1次印刷
定　　价：58.00元

如发现印装质量问题，影响阅读，请与出版社（020-85716849）联系调换。
售书热线：（020）87716172

我们飘荡的河流

·刘付德金

悠悠鉴江,日夜奔流。她从云开大山涌动而出,越山丘、穿沟壑、过田垌,一路浩浩荡荡,从容不迫,在吴川黄坡呼啸入海。这条千百年来流淌不息的河流,是高凉大地的母亲河,她浇灌了这片古老博大的土地,哺育了这片土地上的勤劳勇敢的人民。

我们生于斯,长于斯。我们的先辈在这条河流上飘荡、游弋、挣扎,在这片流域上厮杀、搏击、奋斗,在这块土地上,他们留下鲜活的足迹,依稀远去的身影,演绎动人的故事。

▶ 鉴江的故事源远流长，鉴江的故事历久弥新，鉴江的故事值得大书特书。

我们是后来者，我们身上流动着先辈的血液，我们踏着先辈的足迹前行。我们喝着鉴江水长大，鉴江水滋润着我们。前行者远去，我们还在这片土地上耕耘、生活，前行者的故事，我们翻阅着，记录着，传播着……

蟾坝村，鉴江边上的一个小山村，我们今天的故事就从这里开始。

故事要从江家大儿子逃婚这件事说起。在当年，那是轰动这一带十里八乡的一件事，也是影响以后蟾坝村乃至整个茂名地区历史的一件事。

那是1920年深秋的一个晚上……

目录
contents

1　逃婚　　/ 001
2　说客　　/ 008
3　婚礼　　/ 014
4　绑架　　/ 024
5　筹款　　/ 029
6　谋田　　/ 036
7　买卖　　/ 042
8　赴会　　/ 049
9　匪窝　　/ 056
10　相逢　　/ 062
11　新程　　/ 068

12　洪流　　/ 075
13　喜事　　/ 082
14　言商　　/ 087
15　争夺　　/ 096
16　橡胶　　/ 102
17　烈火　　/ 107
18　激荡　　/ 113
19　燎原　　/ 118
20　怒涛　　/ 127
21　风雷　　/ 133
22　暴动　　/ 137

我们飘荡的河流

23	祖田	/ 142
24	腥风	/ 147
25	碧血	/ 155
26	比试	/ 163
27	劫货	/ 171
28	船运	/ 178
29	高压	/ 188
30	辗转	/ 193
31	潜水	/ 203
32	海韵	/ 209
33	新生	/ 213
34	御侮	/ 218

35	重逢	/ 222
36	奸商	/ 229
37	探矿	/ 234
38	锄奸	/ 240
39	恐慌	/ 246
40	跋涉	/ 252
41	斗争	/ 258
42	营救	/ 276
43	挣扎	/ 280
44	起义	/ 289
45	光明	/ 297
46	土地	/ 301

1 逃婚

深秋的夜,寒气逼人,大地死一般沉寂,偶尔一两声狗叫,远近漆黑一团。已过丑时,从江家大院的围墙边,一张梯子探了上来,不一会儿,一条黑影顺着梯子三下五除二爬了上去,然后两手攀附墙体,顺着外墙慢慢滑落下去。

"慢点,少爷,可不要摔倒了。"外面接应的人轻声说道。

"贵叔,你抱一下我的腿。"被叫作少爷的人回应。

"好了,放手。"外面这个叫作贵叔的接应的人伸出手,抱紧他的双腿,使这个被叫作少爷的人能找到一个支撑点,不至于跳下来时扭崴了脚。

少爷跳了下来,顺便拍了拍身上的衣服。

"我们快点走吧。"贵叔攥紧少爷的手,牵着他。

两人一溜烟向江岸边跑去。

这个少爷名叫江宇飞,是蟾坝村江家大院的大少爷,贵叔是江家大院的管家江家贵。

蟾坝村离江边不远，两人走了四五分钟就到了江边。要分别了，贵叔一个劲地叮嘱这位少爷要一路小心，保重身体，注意安全。

"放心吧，我又不是第一次出远门。"少爷江宇飞款款地说，"只是这次出走，我爹妈一定会恨死我了，这会很伤他们老人家的心，他们对我寄予很大的期望，可惜我不要他们所希望的人生。他们只希望我同林家联姻，做大家族产业，我还年轻，我不想就此回来束缚了自己，在此处娶妻生仔，终老一生。"

"老爷也是一片好心。"江家贵说。

"他只是从继承家业出发，根本没有从我们身上考虑。林家有什么好，土财主一个，我同他家那个大小姐总共还未见过两次面，一点感情也没有，就要我跟她结婚生仔，这真是荒唐至极。这是包办婚姻，典型的几千年封建思想作怪。现在都什么年代了，民国快十年了，民国十年了呀，暗无天日，这里就是山高皇帝远的地方。我真是受够了。北京去年爆发了轰轰烈烈的五四运动，反帝反封建，提倡科学民主，一个崭新的世界就要到来。我们要用自己的双手去创造一个崭新的、灿烂的世界。"

"林家的事，我同老爷再慢慢想法子妥善解决。"江家贵道。

1 逃婚

江宇飞又继续说道:"林家小姐也是封建礼教的牺牲品,真是个可怜的人。"

天色渐亮了。江宇飞沿着江堤往下走。在下游两公里多的地方,有一个上落客的小码头,他将在那里上船,顺着鉴江,到吴川县的梅菉港后,再转乘船出海往广州。

天亮了,山村从宁静中苏醒过来。江家大院又迎来热闹的一天。

这是一座青砖灰瓦砌成的粤西建筑风格的三进四合院,最后一座屋,即第三进,为一排九间大屋,中为大厅,里面一座神龛,供奉祖先牌位、香炉,是逢年过节的祭拜之地,两边四间屋分别为主人的卧室、他们小孩的居所。中间一座屋,也就是第二进,中为过厅,厅的左右分别为主人的会客间和平时处理事务的办公、休息之所,紧挨主人休息所的就是江家贵的住房。前面一座屋,中为一高大门楼,两旁的厢房为佣人、值守、帮工等居住之地。在这座四合院的外面,还有一道三米高的围墙把这座院落围起来。在这座院子后面的围墙左右两角上建有一个高耸的炮楼,以防土匪、盗贼的攻击,平时也有瞭望的作用。大院背靠青峰山,面对鉴江,煞是气派。

这座大宅院的主人江广明起床后,习惯在院子里走走转转,打一会儿太极拳,然后是吃早餐。他身板结实,虎背熊腰,手脚粗壮。

整个大院的人都在忙碌,后天就是自己大儿子的结婚大喜日子,他自己自然是满心欢喜。他江家和林家隔着一座山,就几里地远,知根知底,前些年定了亲。本来早就想把这婚事办了,了却一桩心愿,人家林家早就催办的,林家闺女都已经二十一岁,但宇飞这几年在省城读书,把心读野了,一直表示不和林家小姐结婚,说没有感情,是封建包办婚姻。这次还是把他骗回来的,以他奶奶病重为理由,他才不得不回。回来知道真相后,抵触情绪很大,昨天还大吵大闹。年轻人嘛,在外面听了一些新词、新思想,就好像长了翼,要飞了。现在他既然在家,就由不得他,一定要让他把这婚结了才回校。要不就断了他的学费,看他是不是就真的长翼了,能飞得多远,我就不信了,胳膊还拗得过大腿。

他这样想着,一边慢悠悠地走,一边看筹备工作。村子里的一些帮工已来到开始干活,今天要把棚子搭起来。要在大门到第二进的院子之间搭一个大棚子。搭棚子,既可防太阳晒,又可防雨淋,南方天气变化大,要做好两手准备。后天的婚礼,已派出请帖,五十多台,五百多人,要搞得喜气洋洋、欢欢庆庆、热热闹闹、红红火火。

他不时停下来,同一些帮工的村民说一两句话,或交代一些事情。

"明哥,这些你就不用操心了,让阿贵他们干去吧,你来吃点早粥。"他的妻子周全英走过来对他说。她是个高大壮

1 逃婚

实的女人,但说起话来柔声细气,娘家是知书识礼人家,自打嫁入江家,相夫教子,上下对她称赞有加,她一直叫自己的丈夫为明哥。

"英子,我是放心不下,劳碌命。"江广明说道。他叫自己的妻子为英子,已经叫习惯了。"家贵跑哪儿去了呢?这几天真的是够他忙的。"

"刚才还见着他。我去看看。"周全英回答。

两人正说着,江家贵跑过来说:"明哥,英姐,大少爷走了,回学校了。我刚才经过他的房间,门开着,不见人,叫了几声,也没应。进去看了一下,台面上压着一张字条,说他已经回校,不用找了。还给你们留下了一封信。"

"跑了?这小子跑了?"江广明停顿了一下,接过信,打开,只见上面写着:

父母亲大人鉴:

请原谅我的不辞而别,你们不用找我了,我要回到学校完成我的学业。我不需要你们为我准备这桩包办婚姻。这是我自己的事,任何人都不能代我做主。现在是新时代,新时代是自由民主的时代,我们就是要去为自由民主的时代奋斗。我拂了你们的意,我知道这很伤你们的心,如果你们不能原谅我,就权当没有生我这个儿子吧。林家的小姐是包办婚姻的牺牲品,她是没有错的,请转告我的歉意,把婚退了，让她找个好人家过日子。

你们的不孝儿子：宇飞

江广明读完，喃喃地说："长翼了，真是长翼了，要翻天了！"接着又大声说，"立即派人把他给我捉回来，走到天边也要把他捉回。看他翅膀有多硬，能跑到哪去。"

"明哥，大少爷是硬性子，眼界也高，你不是不知道。不对他脾性的人，他是不同意的。这次骗他回来，他心里一直抗拒。现在派人去，也不知去哪捉，别说不知他是走信宜还是阳春方向的陆路，又或是坐船走水路，即使知道了，他走了几小时，也很难追回了。我看，现在关键的是他同林家妹子的事，要想个两全之策。"江家贵心里明白，现在不能火上浇油，要慢慢转移江广明的注意力，不要放在追究江宇飞逃跑这件事上，而要引导他把思维集中在解决婚事的问题上。他作为管家，也是江广明的堂兄弟，要忠于他的明哥，做好事情。但对江宇飞少爷，他也是深表同情、理解。他知道宇飞是做大事的人，自小就志存高远，想到外面闯荡一番事业，所以一开始，他就知道宇飞肯定不会屈服于这桩包办婚姻。当宇飞同他讲出逃想法，他就觉得是预料之中的事情。他因为这位少爷对自己的信任而义无反顾地帮忙。

其实江家贵在内心早就有了一个两全之策，那就是让江宇飞的孪生弟弟二少爷江宇跃代替他的哥哥作为新郎。

三人回到房间。江家贵把自己的想法说了出来。

1　逃婚

"二少爷稳重老成,比较合适。"

"唉,这事传出去,不太好听。"周全英说。

"我看也只能这么办,我想老林也是理解的。但为稳妥起见,林家那边,就请六婶和二叔公出面疏通一下,做好圆场。"江广明沉吟着。

我们飘荡的河流

2 / 说客

从蟾坝村到蜂筒堡有四五里的路程,翻过后面的青峰山岗,然后再过一条狭长的田垌,就是该村。其实就是相邻的两个村子。

此刻,在青峰山峰峦起伏的小路上,正行走着两男一女三个匆忙的身影。他们正是受江家委托前往蜂筒堡林家当说客的媒婆六婶、村中族长二叔公江满生和江家贵。

他们一行行色匆匆,心里也七上八下,忐忑不安。

媒婆六婶心里很憋屈,这个矮小瘦削的女人,越想越觉得不是滋味。这江、林两家,是她前些年做的媒,说的亲。本来,她觉得是做了件大好事,能把周围这两家大户结为亲家,自己面上很有光,对江家、林家,她都是大功臣,傍上了两家的大树,她就再不怕受谁欺负了。她六婶真是个苦命的人,嫁到蟾坝村后,丈夫得病去世,唯一的儿子又在江里游泳被淹死,剩下她孤苦一人,只能做些小工,年间动动嘴皮子,说几个媒,讨几口喜酒喝,给打发几个小钱。所以,常年可以看到她瘦小的身影穿梭在各村各户,哪村哪户有未出阁的姑娘、未娶妻的后生,一问她就再清楚不过了。现在这江、林两家的婚事,江家大少爷跑了,悔婚不算,现在又要说给二少爷,怎么个圆场?纵使她巧舌如簧,用当地的话说是嘴甜舌滑,能把鸟儿哄下树枝,碰到今天这个情况也是心里发怵,搞不好两边不是人,不但英名毁于一旦,村上村下,难以立足,早晚出入,还会被人吐口水。

族长二叔公江满生呢,也感到非常棘手,他也是几十年头一回遇到这种事,虽说他是江姓家族的族长,七十多岁了,方圆几十里,大家都给点面子,但这毕竟是江家理亏在先,幸好还不是退婚,只是换新郎,这真是考验他这个族长的说客功夫啊。

江家贵呢,当然心里比他们两个还焦急,这江家少爷是他放跑的,虽然人家不知道,但他深知是自己造成这个局面的,这自然不得不全力应对。另一方面,他是江家的堂兄弟,又是管家,更知道此行责任重大。

"我看我们要商量一下,如何开这个口。"族长江满生出门不远,就站定下来,开口说道。

江家贵接口说:"我看,就由二叔公你先说,把原委讲了,看林家反应,六婶你再见机行事,装悲情,说委屈。我最后再责骂宇飞这小子。"

"就只能这样嘞,都是难搞掂。"六婶附和。

蜂筒堡位于田垌的山冲里,形似蜂窝筒子而得名。这村子清一色姓林。结亲的林崇业是蜂筒堡村首富,同江家定亲的大小姐林晓理时年二十一岁,比江家孪生兄弟还大三岁。还有一个二小姐林晓道,年方十五岁,排行第三的是小子,名叫林晓光。

林家大院是两进的四合院,虽然比江家大院少一进,占地面积比江家稍逊一筹,但却是位处半山腰,石墙砌了两米多高后再青砖到顶,是蜂筒堡村最大的院子,气派绝对不亚于江家大院。蟾坝村这三人走进这个大院时,已是中午,林家人正端菜上台,正是开饭时候了。

三人放下礼物,马上被请上台来用饭,端起酒杯就喝了起来。林崇业是个精壮的南方汉子,五短身材,声音洪亮:"两位老哥,还有六婶,你们多吃点菜,到我这里,就和明哥家一样,是不是?我们两家结亲,都是你们的功劳。我要风风光光嫁女,我们是精心准备。你们看——"他指着大厅、里屋、大院,"我们都准备妥当了,我们请了全村的乡亲。"

"大侄子这么风光操办,我们江族很有福气。"因为想着心事,江家来的这几个人一开始很局促,显得拘谨,未能放开尽兴畅饮。江满生小心翼翼地回答。

"对,对,这是我们江家侄子好福气。"江家贵接口道。

几杯酒下肚,江家贵看着时候差不多了,就踢一下二叔

2 说客

公的脚,并给他使了一个眼色。

"大侄子,我们几个来,是就我们两家孩子的婚事再商量商量……"

二叔公刚开始说,林崇业就打断他,接过话:"不用商量啦,之前都说好了,是不是,六婶?"他对着六婶,继续说,"我不要江家礼金,你们操办就好了,我相信江大哥。"

"我们江家感谢大侄子你,我们知道你们两家都不看重这聘金的多少,成了亲就是亲家,都是为孩子好。只是现在情况有变化,我们江家这大小子宇飞,昨晚不辞而别,跑了,留下一封信,说这是包办婚姻,不结这个婚。"二叔公说。

"什么?跑了?"林崇业怔了一下,"宇飞这小子跑了。你们几个今天来,不承想是来退婚不成?你们是来下休书,要休掉我女儿?你们要把我们林家颜面放哪里去?你们江家不要欺人太甚!"

"不不不,我们不是来送休书的。"二叔公赶紧说。

"崇业大兄弟,都怪六婶,你要打要骂就打骂我六婶,我六婶原本就是一片好心,你们江家、林家是我们这方圆数十里的大户人家,两家能结亲,不就是强强联合,家族更兴旺发达了嘛。江家两个侄子一表人才,这大侄子就是在外面书读多了,思想新潮,心有点野,年纪还小,不想被羁绊,绝没有嫌弃你家闺女的意思。但不管怎么说,这媒是我六婶最初提的,要怪就怪六婶,不要怪江家他们。你看,这不是哟,

我们飘荡的河流

我一听到这消息,心里就焦急得不行,马上就过来向你赔礼道歉不是?你一定不要上火,万事好商量,和气生财。你想呀,这宇飞大侄子是走了,现在一时半刻又找不回来,纵使你打死我六婶也是于事无补,是不是呢?不如大家坐下来,好好商量商量,想想,你们两家都是大户人家,都是有脸有面的体面人物,大家要是闹起来,传出去多不好。你六婶的命怎就那么惨,你们要打要杀,我这个妇道人家可如何是好啊。"六婶说着说着,眼圈都红红的了,还不时用手擦一下。

"哎呀,我也没有怪罪你六婶嘛。"林崇业口气软了下来。

江家贵也赶紧接茬:"明哥对这事也深表自责,一定要我们代为道歉,是他教子无方,出了这样的事,都是我们江家的责任。明哥叫我们过来,就是一来表示江家的歉意,二来想做些弥补,做个两全其美之策,既不伤了和气,又使我们两家的好事继续办好,皆大欢喜。"

"莫非明哥叫你们来商量,已经有什么好法子?"林崇业问道。

"这正是我们这次来最紧迫要商量解决的。"二叔公说,"广明侄子叫我们同你商量,现在宇飞走了,一时找不回来,这婚礼日期也定了,请帖也派发了。婚礼不得不办,我们不能让十里八乡的乡亲们看我们两家的笑话,更不能因为这事而结了芥蒂,生分了。新郎就换作江家二小子宇跃。"

2　说客

"江家宇飞、宇跃孪生兄弟，两个人相貌、品行都无得弹，这两侄子要貌有貌，要才有才，我们从小看着他们长大，真是人见人爱。宇飞在外读书，活泼一点。宇跃高小毕业就在家了，跟着父亲从商，更稳重实在。当初我就是想把你家闺女说媒给二小子，但又觉得大小子还未定亲，怎能先讲给老二呢，所以就保媒给老大了。现在看来是同老二有缘分。"六婶又恢复了她款款而谈的舌头。

"宇飞、宇跃是孪生兄弟，八字日子都是很合时的。"因为农村很讲究八字命理，江家贵特别强调提醒，以使林崇业尽快下决心。

"宇跃小子确也很实诚，我也很怜爱他。既然这样，就按这样办吧。"林崇业点头首肯。

三人如释重负，有惊无险，终于圆满完成这次的说客任务。

我们飘荡的河流

3 / 婚礼

江、林两家的结亲开始。

婚姻是人生大事,同中国各地一样,茂名一带千百年来也形成了一套独特的婚姻习俗。

开始是提亲。即由媒人,大多是媒婆,就像前章讲到的六婶角色,往来男女家做中间介绍人,提起亲事,由双方考虑定夺。这中间,有可能是男方家先看中女方家,委托媒人到女方家说媒的。也有女方家有意相中男方后,再委托媒人到男方家说亲的。当然也有是媒人觉得两家门当户对,热心从中奔走,牵线搭桥介绍,从而促成的。

如果男女两家有意,觉得合适,接下来就进入合婚环节。那就是将男女双方的生辰八字交给命理先生推算,即俗语说的"八字佬"算八字,以相生相合为好,相克相冲者不宜。这也催生了许多算命的"八字先生"。不要小看了这小小的算命"八字佬",有时他的一句话就决定了一个人一生的婚

3 婚礼

姻或者幸福。所以这算命推婚,即使是到了二十一世纪的今天,在部分群众的心中,特别是那些边远山区的老一辈人里,依然还很有市场,不得不说这千年的风俗习惯具有顽强的生命力。

定亲,就是订婚,俗称"下订"。双方家长同意亲事后,男家备好猪肉、肥鸡、糕粉、果品、首饰、礼金等,由媒人和族中长者送到女方家,女家则请族长、亲朋好友相聚设宴,分发糕点果品,以示婚事已定,使族中人员、村上村下广而告之。

行聘。男方向女方送上聘金、食品、衣料等。聘金俗称"茶仪""纳币""大聘",又称"报好",是先约定的"身价钱"。女方接"聘"留下部分食品,并请族亲会聚。还要回赠"金橘""鸳鸯蕉""鸳鸯鸡"等物品。

请期,就是男方按迎亲的日期备礼,向女方征求意见。用大红纸写上日期、时辰和"佳期早报,谷旦预闻""百年偕老"等吉祥语,女方回帖"五世其昌"等吉祥语。

江家和林家的结亲,从提亲、合婚、定亲、行聘到请期,各个环节的男主人公都是江大少爷江宇飞,因为他的出走,隔天就是迎亲的大喜日子,经族长二叔公、媒婆六婶和管家江家贵的游说,这结亲的对象就变成了二少爷江宇跃。

江宇跃,虽然同江宇飞为孪生兄弟,但性情同他大哥可太不一样,少年老成,稳重大方,和大哥的兴趣爱好也不太一样，他不喜欢读书，高小一毕业就回来跟着父亲学做生意，小小年纪就成为父亲的得力帮手。他也非常听话，对父亲没有什么顶撞，父亲一直都很喜欢他。父母亲把哥哥出走和让他与林家姑娘结婚的事告诉他以后，他毫不犹豫就应承了。

走在前往林家迎亲的路上，江宇跃的心情既没有做新郎的特别激动，也没有因之前是大哥的婚事，现在新郎变成自己，好像一个顶替角色而心里生发什么怨气。他觉得，成家立业、结婚生子，天经地义，是自然而然的人生规律而已。

今天这个迎亲的队伍庞大隆重。前面有一队舞狮队开路，再到敲锣打鼓的乐队，媒婆和二叔公等族中长老，两顶花轿，接着就是十辆单车搭载的衣料、礼品，这是当时全县几乎所有的单车，江家花大钱租用，请几个会骑车的小伙子来帮忙载物。最后一行是雇来的抬工，他们正抬着丰厚的酒肉等礼物。

这隆重的迎亲队伍，既是体现江家的财大气粗，也是为显示对这次婚礼的重视。江宇飞出走，江家已觉得理亏了，林家没有计较，江家就更不敢含糊，要做得风风光光、热热闹闹，也是有补偿的意思。

到达林家大院，院子已人山人海。出嫁女家也要办酒席，有钱人家嫁女的酒席丝毫不逊于娶亲的男家酒席。一进的大门上，一副醒目的对联：

3　婚礼

　　永结同心

　　明珠碧玉结良缘

　　金龙彩凤配佳偶

二叔公代表江家呈上福帖,只见大红福帖纸上写着:

　　全福

谨具

　　聘呈从新,礼物依今,聊陈不腆,恕免列单

　　　　　　　　　　　　奉申

"江家大哥客气了,有劳烦二叔公、六婶。"林崇业一边作揖一边发出爽朗的笑声。

"大兄弟,你看,我把你的贤婿给你带来了,一表人才,江家这孪生兄弟都不赖。"六婶在一旁说。

"六婶从来都是好眼力,说媒可是说一个成一个。"二叔公说。

"这次倒真的靠你们这几个,要不失了礼不说,又同明哥他家结下梁子,还被乡亲们笑话。"林崇业认真地说。

二叔公把江宇跃拉到前头,江宇跃赶紧对林崇业打躬:"拜见岳父大人,小婿有做得不周之处,请指教。我一定会真心对小姐好。"

"好,好,好,实诚,我喜欢!"林崇业打量着江宇跃,满心欢喜。

迎亲的队伍进入宴席。

到了申时一刻,这是"八字佬"推算的出门时刻,据算命先生说,林家小姐为申时出生,属猴,猴子生于林,申为午后,傍晚归家,此时为上吉。林家大小姐名为林晓理,年方二十一岁,比江家少爷大三岁。"女大三,抱金砖",农村有这俗语。林家也是开明人家,又有钱,林家小姐也读了几年私塾。她是知书达理之人,也很向往外面的世界,原定亲的对象是江家大少爷,她知道江家大少爷一直在外面读书,她盼望将来自己的夫婿能带自己到外面的世界去。一天前,当她知道江家大少爷出逃,她的结婚对象已换作二少爷时,她也顿觉失望了好一阵,蒙着被子偷偷哭了。她觉得人生命运真是反复无常、不可思议,但自己却是无能为力。她只企盼她的丈夫对她好,她又能怎么样呢。

她母亲李芳草倒是担心,对林崇业说:"老林,我倒是担心我家闺女,这孩子外柔内刚,表面没说什么,心里是很有主见,受些委屈,怕她一时想不开,做出什么冬瓜豆腐来。"

林崇业经妻子这么一提醒,也有所担心,赶紧说:"你交代阿翠,这两天多陪她,悄悄留意她的举动,多开导,使她心情开朗起来。"

阿翠是李芳草的远房表妹,一直在林家帮忙带孩子,同他们的几个孩子都很亲,孩子们叫她翠姨。

"江家二少爷人生得英俊,看着也很实诚,我看不会欺负

3 婚礼

咱家闺女。"即将上轿了,翠姨两手抓着两根线,一会儿松,一会儿合,交错用力,用线拉扯着林晓理面上的细毛,这是当时新娘出嫁的化妆术,把脸面、脖颈上的细毛拔掉,整个面庞显得光亮生辉。做好梳妆,编发髻,她一边忙着这手工活,一边说:"好了,出门上轿吧。到江家服侍好老公,孝顺公婆,早生大胖儿子,顺顺利利,我的乖乖女。"

披着红头巾,翠姨一边搀扶她,一边打着伞,这是遮风挡雨之意,使新娘到新家以后,能一世平安,幸福美满。林晓理走出房屋,就要上花轿了,想想这奇异的安排,她百感交集,不由自主地唱出一曲哭嫁歌:

  生女长大必嫁夫哎——哟——
  过得人门作人妇哟——嘞——
  作人妇来相见少呀——嗬——
  爹娘恩情永不枯喱——啰——

歌声婉转悠扬,似有无限眷恋。

新娘上了花轿,迎亲队伍就出门往回走了。二叔公接过林家递过来的回帖,只见上面写着:

  全福

谨具

  妆奁亦薄,恕免列单

       奉申

一路上,少不了许多看热闹的乡民。舞狮队在前面开路,乐队锣鼓喧天，吸引了不少路人驻足观看。林家也有很多嫁妆，被褥蚊帐、绫罗绸缎、箱柜笼屉，抬嫁妆的都有四五十人，逶迤一里多长。

作为娶亲的江家，更加热闹。蟾坝村江家大院，五十多桌，五百多人的酒席，院子里的大门到二进屋过门之间搭起的大棚子，几乎围得水泄不通。大棚子是作为新人结婚仪式用，中间铺上了大红绸布，这就是江家的气派，在那个时代，人们还在普遍用纺织的麻布时，江家就能用几十丈的红绸布，不得不惊叹其财大气粗。

江家大院的大门上，一副对联非常醒目：

佳偶天成

林间葱郁仙女驻

江风送爽新人来

这是高城中学校长冯宏图的大手笔，对联中巧妙镶嵌了林、江两家，既称赞了林家小姐美若天仙，又比喻江、林两家结亲的大喜之事。

"冯校长，你的大作很醒目，意境高雅，格调喜庆，清新悦目，使整个婚礼增色生辉。"高城虎威武馆馆长杨英豪正同冯宏图说话。

"杨馆长过奖，这是命题作文，明哥所托，勉为其难罢了，既来饮酒，亦不能不劳而获。见笑，见笑了。"冯宏图自谦道。

3　婚礼

"冯校长是我们高城才子,才高八斗,一副对联,还不是小菜一碟。"县长陆运程搭腔。

冯宏图、杨英豪、陆运程等都是头面人物,属于这次宴请的贵客了。他们的坐席自然是第一台,正对江家大厅。迎亲的队伍回到之前,他们就到了江家,一边喝茶一边谈天说地。

出席婚礼的还有茂名商界的一些头面人物,他们是:"万益号"老板韦海彬、布业大商号"绵泰号"李季廉、"正和堂"堂主关湛庭、饮食业大王"瑞兴楼"老板陈瑞元等一众人。

江广明时不时走过来同他们打一声招呼:"各位自便,先喝茶聊聊,招呼不周,请谅。"

正说间,迎亲队伍回来了,接着就正式举行婚礼。族长二叔公主持了整个仪式。

"一拜天地——"随着二叔公悠长的声音,新郎、新娘对着天地、祖宗行了三拜。

"二拜高堂——"

新郎、新娘对着江广明夫妻行了三拜。

"夫妻对拜,送入洞房——"

新郎、新娘对拜后,送入洞房。

参加酒席的人都在围观,响起阵阵笑声。随着"开席"的喊声,一盘盘、一碟碟、一碗碗美味佳肴送上席来,宴席开始,觥筹交错。

这边,新娘、新郎被送入洞房。六婶正在给他们铺床,一边铺床一边唱:

> 四只床脚四只砖,
>
> 四朵荷花四朵莲,
>
> 荷床开花结莲子,
>
> 子子登科中状元。

铺好床又铺被子,又是边铺边唱开被歌:

> 新被子,盖鸳鸯,
>
> 鸳鸯同戏玄池上,
>
> 朝间同耕晚同枕,
>
> 幸福生活流水长。

听着听着,新娘忍不住"嘻"地笑出声来。

"新娘子偷乐着呢。"六婶打趣说。

"你刚才笑什么呢?"等铺床者六婶走出去,他们两人单独相处后,新郎官江宇跃揭开了新娘的红头巾,问道。

"唉!"新娘叹了一口气,"我想想觉得就像做梦一样,我原本是同你哥订的婚,现在却同你成亲。我们都无法阻止各自的命运,看来这就是老天的安排,这就是命。刚才又听到什么'新被子,盖鸳鸯',所以就一下子笑起来了。"

江宇跃说:"姐,确实委屈了你,虽然你定亲的对象不是我,但结婚的新郎是我,我就是你丈夫,今生今世,我一

3　婚礼

定会对你好。"

"你叫我姐,确实应叫我姐,我比你大,看来我这一生都要尽一个姐姐的责任来照顾你了。"林晓理说。

我们飘荡的河流

4 / 绑架

新婚第三天。

按照茂名一带地方的习俗,新婚燕尔的男女,要备薄礼到新娘的父母家回面,在娘家置宴问候后,于当天回家。这习俗叫"走三朝",又叫"回门"。这意义据说是一方面女儿出嫁后,就是他家的人了,为了不至于和娘家父母生疏了,就要回门来看父母。另一层意思是新婚夫妻情浓,也要让小两口回娘家,让父母训导一下。

江宇跃同林晓理婚礼后的第三天,江家又备了厚礼,还是叫二叔公领着,又雇了两个年轻力壮的小伙挑担,一切准备就绪,大家待在院子里,正待出发。

周全英还在叮嘱着自己的儿子:"到林家要礼貌周到,好好问候林叔、李婶。路上要小心,照顾好晓理。"

正在这时,大门外有人通报,要见江家老爷江广明。

江家贵出去,只见一个粗壮的小伙,身体黝黑,头戴竹

4 绑架

笠,身扎水腰带,打躬说:"受人之托,来向江家老爷送信一封。"

"既是来给老爷送信的贵客,远道而来,就请进屋稍作歇息,食过早饭再走。"江家贵说。

来人听过之后,似乎稍作迟疑:"我本来只是送信,受人之托,信送到,任务自然完成。但江家信义之人,口碑载道,且热情相邀,就入屋稍坐无妨。"

入得客厅坐下,上茶。江广明问:"不知贵客来自哪里,有何急事?"

"江老爷果是豪爽之人,传闻不假。那我就不绕弯子了。实不相瞒,我是受云开大山雷风寨大王'过山风'的委托来送信的,你的大儿子现在雷风寨,要赎金五万块大洋。"来人掏出信函,递给江广明。

江广明展开信笺:

江大爷:

你家大少爷现落入我们寨里,请送来五万块大洋赎命,三日之内,否则撕票。

过山风

江广明看完这歪歪斜斜的几行字,把信笺递给江家贵。此刻,他心里翻江倒海,但表面却是浑身一动未动。他知道,千万不能慌,全家人都在看着自己,只要自己稍微露出一丝胆怯、恐惧和慌乱,全家上下就会惊慌失措,也会给来人更多要价的筹码。

"明哥,五万块大洋,没有那么多现大洋,三日期限呀!"看了信后,江家贵忧心忡忡。

"这位大哥,你也知道,我们江家做点生意,虽名声在外,但也没有富可敌国,要一下子拿出那么多现大洋,确实很难办到,可否回去禀报一声,适当减少,再宽限几天。"江广明声调平缓地对来客说。

来客说:"江老爷豪爽,过山风大王也爽快,来时大王有交代,赎金五万大洋,这不能降,这是最低数了,期限可宽限两天。五日之内到雷山乡'再来风味客店'找我牛筋即可。不可报官。"

读者想想,这是二十世纪初期,当时普通人家一个月的生活费只是几个铜板,好一点的人家生活费用也只是一两个银元,五万大洋在这个偏僻小县确实是天文数字。

这确实是江家现在急切要筹备解决的问题。

那么,江宇飞又是怎么落入雷风寨的呢?

江宇飞从江家出逃后,按江家贵给他的路线,顺着鉴江而下,在吴川县梅菉港再转乘船出海往广州。他开始也是这么计划的,但后来一想,他怕自己的父亲派人追赶,把他捉回,转念一想,不如反其道而行之,直接北上,走信宜山路,上广西梧州,再乘船沿西江南下广州。

在往广西行进的过程中,就要翻越广东、广西交界的

4 绑架

云开大山。信宜毗邻云开大山，明清时，信宜属高州府，民国时期，属南路、高雷地区，在南路十多个县中，信宜最靠北，毗邻广西。云开大山，大山纵横，千沟万壑，易守难攻，千百年来，这里是两广的交通要道。由于生活贫困，官府逼迫，民不聊生，也形成了一些匪帮。这雷风寨匪帮形成几十年，是当年太平天国运动凌十八起义的残余部队，有六百多人，这些土匪亦匪亦民。雷风寨四面环山，中间有一条狭长的山谷，地形险要。几十年来，从清朝到民国政府，出动无数次兵力进行围剿都未能剿灭，已成为当时南路地区很大的一股匪患。据说雷风寨的头目也经常火拼，现在的大王花名叫"过山风"，听说他身强体壮，曾练过武功，枪法很准，疾步如风。当时有传说，小孩哭喊时，大人们往往吓唬说"过山风来了"，小孩马上不哭了。可见其名声之大。

江宇飞行进广西路途中，年轻人初生牛犊不怕虎，有股天不怕地不怕的劲头，心急赶路，一路疾走。他问了几次路，想赶到雷风乡住宿，走着走着，就到了雷风寨附近。而且他长期在外读书，对云开大山一带的情况不了解，不知道这里经常有土匪出没。当地人一到傍晚，都不敢赶路了。

真是羊入虎口，那些土匪看他细皮嫩肉、斯斯文文，"白板仔"一个，知道他肯定是有钱人家的公子少爷。可不是，一经问，就知道是茂名县的富户江广明的大公子，他们喜出望外，这真是天上掉下来的大饼，好一条大财路。

我们飘荡的河流

这帮土匪经过一番密谋后,就派出三大王牛田锋来到江家送信。

牛田锋绰号"牛筋",力大无比,是这帮土匪的三大王,在匪帮里号称"三哥"。他平时极少待在雷风寨,只在雷风乡经营一个客栈——"再来风味客店",经营饮食和住宿,对外说他是店老板,实际上这间客店就是一个土匪接头联络点。

5 筹款

江家的当务之急是筹款。

当天下午,在江家的大厅里,江广明夫妇、江家贵、族长二叔公江满生、林崇业、江宇跃等会聚在一起商量。

林崇业从回门的女儿女婿口中听说这事,已按捺不住,吃完午饭,就同女儿女婿一同赶到亲家这里来了。

"这败家仔真是添乱呀,兄弟让你见笑了。"江广明对林崇业说道。

"明哥就不要客气了,一家人不说两家话。我们还是想想办法,赶快救救宇飞。"林崇业摆摆手。

"对呀,骂也没用。大侄子这事,也不是他想的。还是赶快想法子好,早一天回来,就少一天遭罪,在匪窝里不安全呀,早一天回来,就早一天心落。"江家贵说。

"关键是现银子,那现时究竟能拿出多少现款呢?"二叔公江满生问。

"阿贵,你盘算一下,看看究竟能拿出多少现洋来。"江广明对江家贵说。

江家贵回答:"我们平时的积蓄大概三万,前几天商号准备进货的现款五千,估计能取的就这三万五千元左右。"

"那也还差很多呀。"二叔公江满生叹了一声。

"阿爸,我那些陪嫁首饰拿去变卖作现洋救大哥吧,应该也值几个钱。"不知什么时候,新结婚的媳妇林晓理已到了大堂,听到她说的话,人们都吃惊地看了她一眼。惊讶之余,无非是觉得作为刚结婚的新媳妇,她敢在一帮大男人议事之时发表自己的意见,二来也觉得她有这个胆识和大义,愿意变卖首饰救自己的亲人。

"那些是你的陪嫁,江家就是卖田卖地也不会用你的首饰钱。你有这份心就得了。"江广明说。

"乖女,你就不要在这里多嘴了,回你房间去吧。"林崇业对自己的女儿说。

"我怎么是多嘴呢,救命要紧,现在时间紧迫,我们家一时半刻又拿不出那么多钱,这些首饰留着也没什么用,正好派上用场。再说,这家里的事,也是我的事,宇飞之前同我订的婚,现在是我大哥,我能见死不救吗?"林晓理说。

"孩子你真是有心了。首饰你就先留着,我们想想其他办法。"江广明说。

"对,这样我们心里也好受一些。"周全英也在旁说。

5　筹款

"就按爸的意思办吧。"江宇跃回头对自己的媳妇说。

"明哥、嫂子,你看,小女不懂礼规,真是让你们见笑了。"林崇业客气地说。

"兄弟你是给我们江家养了一个好媳妇啊,明事理,有主见,很大气的孩子,我喜欢这性格。这是我们江家的福气和造化啊。"江广明说。

"这孩子真是无得弹。"二叔公江满生也接口称赞。

"我们还是继续商量正事吧,不用夸赞小女了。我看这样吧,我出一万吧,先救救急。"林崇业又把话题转到筹款的事上来。

"那还是差五千大洋呀。"江家贵说。

"只能是拉下脸来,开口借一点了。"江广明说。

那究竟开口向谁借呢?大家又议论了一下,在这贫困的偏僻小县,人民生活不易,度日维艰,又有多少人有几个闲钱呢?江、林两家已经是富户了。大家在盘算着。

高城中学校长冯宏图,作为一名知识分子,知书达理,为人正直,才高八斗,文才不在话下,但他一个教书匠,没有多少积蓄,就不要麻烦他了。

杨英豪,高城虎威武馆馆长,为人豪爽,疏财仗义,广收门徒,应该有一点积蓄,可以向他开口。

陆运程呢,茂名县县长,祖辈是江浙一带人,父辈在前清时来高州府为官,在这里定居,繁衍下来。此人为官多年,为人阴险,心狠手辣,口碑极差,极尽搜刮民脂民膏之能事。江广明经商,知其为人,平时和他打交道,也是虚与委蛇,做一些表面功夫,没有深交。

那些商户呢,也都是人精,本就是小本经营,借个三五百的犹可,多了肯定不行,倒不如不开口,不欠这些人情。

商量的结果,是决定向杨英豪、陆运程两人借。

午餐后,江广明备好礼物,带着江家贵、江满生、江宇跃出发了。他们一行出门,在江边乘了小船,溯江而上,近一小时,四人到达高城观山脚下的码头,下得船来,沿着山坡走去。

观山,高州城的一座小山,海拔不高,是高州城的一个标志。所谓"山不在高,有仙则名"。山上有座观山寺,初一、十五一些信众来寺庙烧香拜佛,祈求保佑平安,香火颇盛。周末假日,一些达官显贵,也携家带口到此郊游。站在山顶,高州城一览无遗,房屋街道,错落有致;鉴江飞帆,来往穿梭不停。近处宝光塔挺拔高耸,远处文光塔、艮塔形影朦胧,三塔相辉映,别有一番风景在眼前。

今日,江广明一行自然无心登高望远,观赏风景。他们一行一溜烟直奔杨英豪的武馆。

虎威武馆坐落在观山背面的山脚下,是一座青砖平房的院落。占地有五亩多,非常宽敞,而且幽静,确实是适合练

5　筹款

武习拳的地方。

杨英豪的"穿心拳"很有名，常年都有一些学徒跟他练习。大部分是些短期学徒，城中或附近农村的子弟，来此地练一下拳脚，学会几道散手，以作防身之用。也有一些长期的学徒，主要是资质好，天生聪颖，手脚灵活，肯吃苦，家中父母愿意放在这里，才长期跟他学艺。

进得虎威武馆的大门，杨英豪的两个小孩，大儿子杨刚智、小女儿杨刚慧一看到江广明进来，就奶声奶气地说："江伯伯好！"

"江伯伯来啰——"杨刚智一溜烟就跑去向他的父母报告了。

杨英豪的夫人梁玉珠出来打招呼："明哥来啦，老杨一会儿就好。你们先歇歇，饮口茶。"

江广明步入练武场，杨英豪正在给一个徒弟做示范："方仔，你的腰不够直，要挺胸。"

那个叫"方仔"的徒弟已练得汗流浃背。

杨英豪一招一式极见功夫，全神贯注，他的"穿心拳"是他长期研习而成，给他打中，当胸一拳，即可毙命。远近很多农家子弟前来投奔，他不计钱财，有些贫穷子弟，极喜习武的人，他都不收学费。他经常教育自己的徒弟，习武只是强身健体，防患于未然，不能以武欺人，更不能以武劫财。所以他的武馆长年都是人员不断。

我们飘荡的河流

"老弟,也该让徒弟歇歇脚了。练出病来,家长要拿你是问。"江广明跟他开玩笑。

杨英豪听到他的声音,知道江广明来了,回过头来对他说:"明哥什么时候到了?你可是大驾光临,使我蓬荜生辉呀。"

"老弟好武功啊,什么时候我也能到此来伸伸拳腿,就是人生福气啰!"江广明半是夸他的拳术,半是同他打招呼。

杨英豪陪江广明进厅来。

那个"方仔"捧上茶来,两人边喝茶边聊天。

"你这是个好徒弟呀,身材棒,又懂事。"江广明说。

"他叫方民杰,是块练武的料,吃得苦。"杨英豪说完话锋一转,"老哥可有大事,不是来同我切磋武艺的吧?"

"我是遇到大难处了,这次来是要请老弟帮大忙才行。"江广明开口道。

"我就知你老哥是无事不登三宝殿,只要有用得着小弟的地方只管开声就可,我是为朋友不怕两肋插刀的。"杨英豪忙说道,只是心里不明白,前天在蟾坝村江家参加他儿子的结婚典礼,他兴高采烈,好像也没有什么大事呀,怎么一下子就碰到大难事了,而且看起来还有点急迫,"不知道大哥碰到的是啥大难事?"

江广明便把江宇飞出逃后往梧州乘船,过云开大山时,被匪帮过山风绑架,匪徒派人送来绑票,要五万元大洋赎金

5　筹款

之事跟他讲了。"这小子不生性不说,还搞出这出大祸事给我挠,真是家门不幸啊。"

杨英豪才知道是这么个大事:"这事可急迫呀。现在大哥筹措了多少银子呢?"

"我这就为这事来同你商量,"江广明答,"我家已筹得了三万五千,亲家老弟给了一万,尚欠五千,看老弟你这里可否凑一点。"

"我这里大概可给两千,你知道我这个人吃吃喝喝惯了,对钱谷不怎么在意,平时也不怎么积攒。"杨英豪说道。

"我知道老弟你凑出这个数都不容易了。"江广明说。

"那还欠三千呀。你有什么想法了吗?"杨英豪问道。

江广明说:"我想向陆县长开口。"

"陆某可不是个和善人呀,你向他借款,可要当心。"杨英豪提醒说。

"我会有分寸的。"江广明说。

"你筹够款后,我可以同你往雷风寨走一趟。我听说过这过山风的名号,我早就想去会一会他了。"杨英豪说道。

江广明接口:"如果确实是那样,就真的太好了。"

在杨英豪处借钱那么顺利,陆运程处呢?

江广明一行又启程前往县长陆运程住处。

我们飘荡的河流

6 / 谋田

茂名县政府位于高州城大街上。顾名思义,大街就是当时城中最大的一条街,这条大街后来改名为中山路。在中国的城市中,以中山命名的街道、公园、建筑物等不计其数,高城这条中山路也是中山先生逝世后,民国政府为纪念他而命名的,一直延续至今。"中华民国高雷道茂名县政府"这个黑色楷书的牌子,让平民百姓望而生畏,不敢靠近,但在达官贵人眼里,出入此地,却是显示自己地位的象征。

两个荷枪实弹的卫兵在县政府门口把守。已近傍晚,卫兵接了江广明的帖子进去通报,许久,卫兵才出来说,县长大人请江老板入屋说话。

陆运程官邸位于县政府院子后面,是一栋三层的洋房,这在当时显得尤其气派。这栋洋房是用国外进口的"红毛泥"建筑的,砌了青砖。"红毛泥"即现在的水泥,当时乡下群众俗称为"红毛泥",大城市又有直译为"士敏土"的。

6　谋田

二十世纪初,广东只有广州一间水泥厂,还是当时全国的第二大水泥厂。"红毛泥"要么从国外进口,要么从广州购买回来,用一个个圆形的木桶装载,通过船只,经风历雨,运回本地。大型船只到梅菉码头后,沿鉴江直接运到高州码头,再雇用工人用人力车运回。小一点的船只也可在电白水东码头上岸,或走梅江、小东江、白沙河,经袂花、公馆,陆路运回到高城。"红毛泥"路途迢迢,穿江过海,要大价钱不说,光是回到本地后,又要走河道水路、雇用人力挑运,运费也是极其昂贵的,一般人家哪能承受。县长这栋洋楼当然是动用政府财政资金建造的,所以才这样气派,当然也就极显示主人的威严。

江广明曾无数次走进过这栋小洋楼,但都不像今天这般忐忑不安。过去,他进来这里,都是逢年过节例行的拜访送礼,自然心里没有压力,今天却是有事相求,且是开口借钱,这实在是不知老脸往哪搁的感觉。

"县长大人请江先生一人进去,其他人在外面等候。"传务兵的一句话,仿佛就是打在江广明脸上一般。

"拜见县长!"江广明进得门来,一边作揖,一边说道。

"江老板,是哪阵风把你吹来了呀?"陆运程打着官腔说。

"陆县长这里衙门深如许,我江某人是无事不登三宝殿呀。"江广明继续说。

"前天在贵府参加公子的婚宴,也没有听你说有什么大事,隔天倒亲自上门来,究竟何事这么急迫呢?"陆运程直接发问。

"这是上午才发生的事。"江广明缓缓说来,就把江宇飞出逃后往梧州乘船,过云开大山时被匪帮过山风绑架,匪徒派人送来绑票,要五万元大洋赎金之事跟他讲了一遍。"这事急迫,这不,我就直接来向您禀报,请求您支持救援啊。"

"这过山风匪帮为害多年,扰民乱众,理应平定。信宜县政府平乱不力,为官不为,为官不为呀!"陆运程慷慨陈词。

"过山风匪帮祸害百姓,理应铲除。只是眼下事情紧迫,我只想尽快救出小儿,以免夜长梦多呀。"江广明说。

"对,对,救贵公子要紧,目前要赶快想办法。不知江老板的意思是……"陆运程望着江广明。

"现在是筹款,我已经筹得四万七千元,想在您处再通融三千元,凑够五万这个数后,就将小儿赎出来。"江广明恳求说。

"对,筹款赎人是大事,应该,应该!但我这里也拿不出这么个数的现洋,你知道的,老江。"陆运程踱着步,说到这里又停顿了一下,望着江广明继续说,"我陆某为官多年,两袖清风,清正廉洁。你知道我这薪水是少得可怜,一大家子,糊口不容易呀。容我再想想办法,再想想办法。"

"就拜托县长了。"江广明见状说。

6　谋田

"容我再想想,看县财政开支,可否支借一下。现在也是夜晚了,一时半刻也焦急不来,你们忙活了一天,先回去,好好休息,明天再答复你。"陆运程讲了送客的话。

江广明一行回到他家的"祥兴商号"等候。祥兴商号也在中山路这条大街上,经营药材、油行、木材、丝绸,是高州城首屈一指的商号。这几天因为筹办儿子的婚礼,停业了几天。

江广明告辞后,陆运程也陷入思索之中。

"刚才江老板开口向你借钱,你为何没有马上答应借给他呢?老江这人为人不错,平时也同我们家有所走动来往,在他有难之时,能帮这忙就帮一把,让他渡过难关,将来也感激我们。"他的夫人宋美莲不解地问道。

"这一层夫人你就不懂了,我是有更深层的考虑。你想想,这年头兵荒马乱的,军阀混战,政局不稳,我这个外地人,家乡是回不去了,应该就是客死这他乡啰。所以我那些银子是要置办几亩田地,养老送终的。"

"置办田地也不在这一时半刻呀。"

"这就是我说的深意之处。有钱到处都可买田置地,但买好风水的田地就不那么容易了。我要买的就是江家大院门口左边那几十亩上好的水田。那真正是风水宝地呀。前几年风水先生'跛佬陈'跟我讲了,这茂名县方圆百里,就蟾坝村的阳宅地形最佳。'蟾蜍出江'地,青峰山发脉云开大山,一路奔腾,飞龙到此,生成巨蟾,跃出鉴江。蟾蜍爬向大江,一湾江水任畅游。这江家正处在蟾蜍的嘴巴上。江广明家为什么发达大富,就是占了这蟾蜍巨嘴的风水,蟾嘴含桂啊。贵地,旺地呀。"

"那你买田跟人家风水有啥关系,也沾不到边呀?"

"关系大着咧,不但沾着边,而且还占了一条腿脚。你想象一下,一只大蟾蜍在爬行,不就需要两只脚在蠕动嘛,用脚爬行才能找到食物。江家左边那几十亩水田就是这巨蟾的一条腿,如果我们能买到那几十亩水田,将来就在那建造一栋院子,这就占了这'蟾蜍出江'的一半风水。江家的蟾嘴,如没有这蟾肢蟾腿,哪来的食物呢?如此一来,江家就离不开我们陆家了,没有我们陆家,他江家也就难以施展。你说这关系不大吗?"

"就你的花花肠子多。"宋美莲听后,半是嗔怪半是赞许道。

"我下着一盘大棋呢,等着好消息吧。"

"你怎么知道他就一定把田卖给你呢?"宋美莲疑惑。

"这不明摆着的吗?他江家都说了,这匪帮要五万大洋,他家家底现只能拿出三万五,他的亲家林崇业只能出一万,那个杨武夫给他两千,他尚欠这三千。你想想,这小县城三四十家商号,都是些小本买卖,一月赚不了几个铜板,又要进货周转。况且,这些商人都是逐利之徒,一个比一个死

6　谋田

人精,有利的时候趋之若鹜,如要借钱,一个比一个溜得快,哪个能一下子借给他一千几百的大洋。"

"看来你是十拿九稳,成竹在胸。"

"我这是知己知彼,百战不殆,就等着好消息吧。哈、哈、哈!"陆运程得意忘形地大笑。

我们飘荡的河流

7 / 买卖

清晨,高城中学校园里。校长冯宏图正在校园里散步,随便走动走动。他四十出头的年纪,瘦小身材,早年留学日本,参加同盟会,热衷政治,后来看到军阀混战,民不聊生,转而投身教育事业。他一直未婚,据说他年轻时也有个恋人,和他一起留学的,同他情投意合,后在一次海边游泳时溺水身亡。他非常自责,发誓终生不娶,一辈子献身教育事业,每天听到这朗朗的读书声,就是他最大的享受。

"校长早!"已有学生陆续来校上课,向他问好。每天早晨听到这些学生的问候,也就预示着新的一天又来临了。

"冯校长,这是我爸交给你的。他叫你去他办公室一趟。"陆运程的儿子陆彪也在学校读书,今天来交给冯宏图一封信。

他拆开一看,只是寥寥数语:

7 买卖

冯校长：

　　见字来我办公室一趟，有要事相托。

　　　　　　　　　　陆运程即日

　　冯宏图风风火火赶到县政府陆运程办公室，一见面就说："不知县长有何事吩咐，这么急迫找我。"

　　"也没有什么大不了的事，昨天，江广明到我家来借款赎儿，我让他回去。我想了一个晚上，我用这三千块，买他蟾坝村左边那二十亩水田。你去传一个话，看他是否同意。如同意，你就同他拟个字据。"

　　原来是这么个事。冯宏图带着陆运程的话来到了祥兴商号江广明的家里。

　　"我把陆县长的话带来了。老哥呀，这姓陆的要价真狠啊，真他妈的不地道。"冯宏图进门就开口，把陆运程要买江广明在蟾坝村的二十亩良田的事一五一十地跟他说了。

　　"这简直是趁火打劫。"江宇跃骂道。

　　"要不我们再想想别的法子？"江家贵说。

　　"要说这姓陆的确实够狠，"江广明缓缓说来，"他都是算计好了的。你想想，这高城里，还有谁拿得出这三千块大洋？只有他。本来，他自己完全有能力借这区区三千块的，他也可以大笔一挥从财政支出借我三千块，他没有这样做。不错，他就是趁火打劫、明火执仗，他就吃定我了。他知道我已无路可走，只能卖田。看来他垂涎这些田地很久了，只不过他选了一个好时机,以小价钱就实现了他的目标而已。"

江宇跃愤愤不平地说:"我们就偏不让他的阴谋得逞。"

江家贵也接口说:"明哥,我们可以再开口借一点,我算了一下,这高州城有大小商铺三十多家,我就挨家挨户上门借,一家几十块大洋总是可以的,凭明哥你的为人,今有难事,同大家讲讲,相信大家一定慷慨解囊,这千百块大洋不难筹到。"

"各家有各家的难处,那几十家商铺都是小本经营,养家糊口不易,就不要去麻烦他们了。况且现在时间也很紧,卖些田产不要紧,这是身外之物,有钱一样可以重新置办。"江广明说。

"那我就同冯校长先拟出个合约,再给你过目。"江家贵说。

"你去操办吧,麻烦冯校长了。"江广明说。

"乐于为明哥做事。"冯宏图答应。

两刻钟后,冯宏图和江家贵把拟好的合同拿来给江广明过目:

买卖契据

兹有广东省高雷道茂名县蟾坝村人氏江广明先生自愿出售其位于乡间的祖田贰拾亩给本邑人氏陆运程先生,售价大洋叁仟圆。付款生效后,双方不得反悔。

7 买卖

立字为据。

田界址草图附后。

卖方：　　　买方：

见证人：

中华民国九年十月廿四日

江广明看后，淡淡地说了一句："写清楚就行了。"此刻，他表面虽然很淡然，内心却还是很难割舍。那确是上好的水田，土地肥沃，灌溉便利，每造水稻亩产四石多。大家想想，民国初期的一石相当于现在的一百二十斤，四石多就是五百多斤，已经是相当高产了。这些水田是江广明从他祖父辈起省吃俭用置下的产业，到他这一代却要变卖祖产，他内心怎么都觉得有点不光彩。如果不是救儿心切，不到万不得已，他是一百个不愿意的。这是几代人的勤劳血汗呀，就这么毁于一旦了。他又怎不心痛呢？

再大的苦也不能露出来，再大的痛也只能扛下来。江广明让自己心里平静，向冯宏图说："冯先生，就麻烦你带这契据回复陆县长，如果没意见，我回蟾坝村老家取到田契后，今晚即往他府上签字画押交割。"

冯宏图答应着出去后，江广明又向江宇跃说："你同贵叔回乡下一趟，取来那二十亩田的田契，如果你母亲问起来，要好好安慰一下。"

江宇跃同江家贵起身，他们要到高州码头坐船回到蟾坝村,又要赶回城里来,这往返折腾,起码要三个多小时。

果不其然,江宇跃、江家贵回到蟾坝村江家大院,在家等候消息的周全英、林晓理等就迫不及待地围拢上来,七嘴八舌问个不停:

"还顺利吧?"

"情况怎么样?"

"钱数额是凑够了,但陆县长那边要我们卖田才肯给钱。"江家贵把情况简单复述了一下。

"这姓陆的就没有好心肠,良心都喂狗了,亏你爸平时还跟他走动,真是狼心狗肺的东西。"周全英一个劲骂道。

"妈,田地钱财是身外物,卖了,将来也可买回,你也想开点,不要跟陆县长计较。他肯借钱是人情,不肯借也有他的道理,他也不亏欠我们的。他要买我们田,给了我们钱,也是让我们渡过了难关。只要大哥平安出来,就是我们家最大的财富,陆县长他也是帮了我们呀。"江宇跃刚想说上几句话来安慰一下自己的母亲,谁知他还未开口,他的新婚燕尔的妻子林晓理就接过话题说了一大通,而且句句入情入理,引得江家贵、周全英投来赞许的目光。

江家贵内心暗暗称赞:"这江家媳妇不简单,懂事、知理、大气。"

周全英也大加称颂:"晓理就是知理啊,难得你这副好心肠。这宇飞败家仔就没这个缘福啰。"

7 买卖

"妈，你又来了。"林晓理知道周全英是说她曾和江宇飞订过婚的事，所以这么嗔怪地说。

江家贵、江宇跃取了田契后，也不敢多逗留，就同这些女眷打过招呼，道了别，又急行出门至鉴江码头，再乘船返回高城。

那边，冯宏图已从陆运程处带回消息，他同意，随时欢迎江广明上门来签字。这是意料中的事，他巴不得早一点就签字生效呢。

是夜，在陆运程的洋房里，二层楼的客厅，一盏大汽灯下，整个客厅被照得亮堂堂的。

在中间那张桌子上，已摆放着白天冯宏图、江家贵草拟的那份契据，这是之前江广明、陆运程都已经看过的，双方对那几十个字都非常清楚，甚至都已经能倒背如流了。现在已经写了一式两份。冯宏图作为起草人和见证人之一，很郑重地把契据宣读了一遍后，又着重说："现在双方都已知晓，如无异议，可进行签字画押。一旦签字，不可反悔。"

"江老板如舍不得，现在可收回契据，陆某不强人所难。"陆运程故意显出大度。

"哪里，陆县长言重了。江某走投无路，县长肯买我田救我小儿，已是大德难报，怎会舍不得呢。只是祖田，几代人耕作，自然有感情。"江广明说。

"理解，理解。我会好好打理这片土地的，不会亏待你的心血。陆某在这里有了片田,将来同江老板为邻,也就在这里归山养老,像东坡居士所云,不辞长作岭南人啰。"陆运程说。

江广明不想再同他周旋,浪费口水,已在"卖方"后面的空白处签下了他的名字,写毕,又把两张契据推到陆运程的面前,陆运程也在契据的"买方"后面龙飞凤舞地写下他的大宝号,得意之色溢于言表。江满生、冯宏图、江家贵都作为见证人签了名,而且大家在自己的签名上又盖了手指模。

这些程序走完,一笔交易就完成了。

"大功告成啰,真是太漂亮了。"等客人走后,陆运程倒在宽大的沙发上,情不自禁地大叫。

"看你美的。"他的老婆宋美莲说道。

8 赴会

筹够这五万块大洋的现款，已经是第四天了。再有一天，就是土匪要求交钱的日子了。

钱筹够了，又遇到一个新问题，谁去送这款给土匪呢，这人选也是需要掂量的。

按照江广明的想法，这个送款人的团队既不能太少，当然也不能太多，三个人左右。少了不够气派，没有阵势，也不能保证安全。多了呢，又过于招摇，让土匪觉得你没有胆气，借势壮胆。

他心中已经有了人选，为了锻炼一下他的儿子，他以询问的口吻对他的二儿子江宇跃说："阿跃，你觉得让谁去匪窝送钱赎你哥合适呢？"

"我……我还没有好好想这个问题，就由阿爸你定夺。不过，我觉得叫贵叔还有二叔公前去都是可以的。"江宇跃没料到父亲突然问自己，他嗫嚅着。

"阿跃啊,你现在已经成家立业,有些事情要多替我担当,家里耕种,商号的经营,你都要上心了。你哥现在匪窝,还生死未卜,这次纵使能赎出来,这个家他也是待不住的,任由他吧,他爱走到哪儿就到哪儿,让他远走高飞,只要不给我在外惹是生非,我就谢天谢地了。"

"阿爸所言极是,我会多上心,把你和阿妈照顾好,把我们家的事做好。"

"我也是想到这些,就随口说说。叫你贵叔一起来商量一下。"

三人商量的结果是由杨英豪、江家贵和江宇跃前往。

在是否让自己的二儿子一起去的问题上,江广明曾有过犹豫,自己的大儿子还在匪窝,现又叫老二深入匪穴,土匪是最不讲人性和信用的,如果达不到要求,两个儿子在他们手上,不是更给他们增加讹诈的筹码?两个儿子都去,也增加安全的风险。

江家贵也不无担心:"明哥,我看就不用跃侄同往了,侄子年纪轻轻,有更大的事业要干,跑腿的事让我和二叔公他们去办就行了。"

"阿贵,你的心思我明白,你是不想让阿跃有危险。但我主意已定,就让阿跃跟你们去,阿跃年轻,是应该历练历练了,年青仔要不怕吃苦。"江广明说。

由杨英豪出面,这个三人都没有异议。杨英豪会武功,

8 赴会

深入匪穴,匪帮也会惧怕三分,而且杨英豪徒弟众多,遍布高凉大地,他在江湖上为人豪爽,声名远播,黑白两道人员均给他几分面子。如果他能亲自出马走一趟,真是再好不过了。

于是,江广明、江家贵、江宇跃三人又前往观山虎威武馆找杨英豪。

好在同城,不一会儿就到了。

杨英豪二话不说就答应了。他爽朗地大声说:"明哥的事,我杨英豪赴汤蹈火,在所不惜,万死不辞。请放心,我一定把贵公子安然无恙地带回来给你。"

"我会让阿跃、阿贵跟你同往。"江广明说。

"好,好。本来有阿贵就得了。阿跃能去,也好,后生哥是要去见识见识,历练历练,才能增长本事的。"杨英豪快人快语。

天刚蒙蒙亮,杨英豪一行就出发了。这一百多里的路,要走四五个小时,他们一行就赶了个早。

江广明把他们送到码头,对杨英豪交代:"就劳烦教头了。"又对家贵、宇跃两人说,"此趟出行,你们就按杨师傅的安排,一切按杨师傅的意思,看他的眼色行事。出去很多事难以事先想得周全,就由杨师傅做主。"

"明哥就放心回去吧,我会自有分寸的。"杨英豪说。

家贵、宇跃也同江广明别过。

我们飘荡的河流

从高城到信宜,一路是丘陵地带,这些大大小小的山丘,绵延不断,高低起伏,参差错落,都是云开大山的余脉。那时就这么一条土路,时而穿山岗,时而越岭坡,时而荡田涧,时而穿树林,陆路上走会更费时费力得多,许多贫苦的农民为省几个铜板,舍不得花这几个搭船钱,宁愿多走山路。杨英豪一行自然是赶路要紧,他们一行从高州码头乘船,沿鉴江一路溯江而上。

因为赶了个早班船,船上还不是很拥挤,乘客多是些商贩、学子等着装的人士。商贩、学子,多穿得比较干净;那些穿着较破旧,戴着斗笠,或系着水腰带的多是农民、脚夫之类;也有两个兵士,穿着一身黄皮军服,背着长枪,这年头,这些散兵游勇不知是从哪里冒出来的,也不知到哪里去,往往倚仗着背的这支铁家伙,到处惹是生非,所以,路人见之,往往避而远之。

船缓缓驶出江面,离开嘈杂的码头,顷刻间清静了许多。江风扑面而来,让人感到阵阵凉气。

他们几个找了个位置坐下来。因为在船上,人多眼杂,他们也不敢多交谈,还要看住那两个装着五万块银票和部分大洋的大布袋子,不能有一点闪失。特别是看到船上有两个兵士时,他们的心都绷得紧紧的。

船在慢慢行进,两边的黛色青山在缓缓退去。时而又穿过一片宽阔的田垌,晚造的金黄色稻浪仿佛在向这些南来北

8 赴会

往的过客招手示意,勤劳的人们已经开始收割稻子。青山、金稻、绿水,好一派恬淡的田园美景。

杨英豪三人此时却无心欣赏这派旖旎风光,两岸的美丽景色似乎与他们无关,时间在一点点流逝,他们反而觉得心情越来越沉重。

两个多小时后,船到了信宜县城镇隆。信宜古称窦州,镇隆城位处东江河和西江河两水交汇处,此段为鉴江上游,过去称窦江,窦州因窦江而得名,只是此名现在只存于典籍中了。每天帆船穿梭不断经过,位置十分便利,是一个非常繁华的小县城。

杨英豪三人要从这里下船,改走陆路了。他们跳下船来,如释重负般舒了一口气。从县城到雷山乡还有50多里,他们没有歇息,马不停蹄地出发。

这一段就要走山路了。

走着,走着,他们也有点疲乏了,江家贵就提议说先歇一歇。他们在一个山岗上坐下来,这里比较开阔,又在高处,易于观察动静,遇到情况,又可急走,位置极佳。他们一边喝着水,吃着带来的饼子,一边闲聊,心情不像刚才在船上那般紧张了。

为解闷,江家贵还向江宇跃打趣道:"阿跃新婚蜜月,房事过频,走路一摇一摆的,还不及我们两个老头子。"

"是啊,阿跃,你这筋骨是要多练练。"杨英豪接口道。

"两位前辈见笑了。这几天为大哥这事,我跟着阿爸和你们在到处跑,都未见着阿理姐几面,冷落她了呢。"江宇跃见两位长辈开自己的玩笑,脸一下子红了。他一下子想起来,虽然自己同林晓理已结婚,但实际上还未行肌肤之亲。开始时,两人是觉得有点尴尬的,后来,大哥这事一出来,他跟着父亲在高州城里到处跑,林晓理同母亲她们在蟾坝村乡下,又没有时间接近。这事过后,是要及时弥补自己对她的冷落。他正想着这事,两位又跟他开起玩笑,他怎能不一下子脸红呢?

"我们也是开个玩笑,我们都知道阿跃这几天为你哥的事很尽心尽力的。"江家贵说着,又转移了目标,"还是请教头给我们讲讲你的故事。"

杨英豪笑起来:"靶子对我来了。也好,难得在这深山大岗的地方,先清清喉咙,唱支山歌。"只听他放开喉咙,声音洪钟般唱道:

　　田间香蕉梳对梳,
　　阿哥恋妹歌对歌,
　　摘下香蕉送妹食,
　　蕉蕉甜透妹心窝。

声音洪亮悠扬,传得极远。

"杨叔唱得好好听,再来一首。"杨英豪刚唱毕,江宇跃说。

"杨师傅好多情事,这唱山歌可是小菜一碟。"江家贵说。

"过瘾吧?好,难得尽兴,再来一首。"杨英豪又唱:

远远见妹笑眯眯,

好比荔枝剥了皮,

荔枝剥皮心还在,

问妹何时共盖被。

"杨师傅,我听说你同嫂夫人的爱情也是很有一段古仔(故事)的啊!"江家贵打趣说。

"怪不得杨师傅同师母那么恩爱,原来是大有来历,说来听听,让我们也开开眼界。"江宇跃说。

"也没有很特别,就是当时我还有一个师弟也喜欢上她,她最后是嫁给了我。"杨英豪说。

"看来,你们是历经曲折才有情人终成眷属,一定很感动,有时间一定要请杨师傅详细说说。"江宇跃说。

"好呀,今天这个话题就先到这里。我们走吧,可别耽误了正事。"杨英豪说。

大家起身继续出发。

午后,他们终于赶到了雷山乡。

9 / 匪窝

雷山乡不大,一条丁字形的街,半里路不到,一刻钟就可走个遍。今天不是墟日,街上的行人不多。"再来风味客店"位于丁字街的中心,在这里可观察到街的三个方向,只要有一丁点风吹草动,都一目了然。而且,在这样一个位置做生意也是极好的,人流最集中,熙熙攘攘,不得不佩服土匪的眼光,也只有土匪才能利用他们的财力和势力抢占这一个最佳位置。

他们按土匪留下的地址找到了这里。

杨英豪三人走进客店时,店伙计迎了出来,问:"三位客官是住宿还是吃饭?"

"我们从高州城来,想见一见牛大当家的,请通报一声。"杨英豪说。

"你们可是受江老板所托前来?"店伙计问。

"正是。麻烦通报。"杨英豪回答。

9　匪窝

店伙计进去好一会儿后,前几天到江广明家送信的牛筋出来了:"江老板果然是守信之人,三位一路辛苦了。"

"我们受江老板委托前来。"杨英豪答道。

"这是我们高城虎威武馆的杨英豪师傅。"江家贵为镇住土匪气势,推出杨英豪的大名。

"啊,失敬!失敬!杨师傅声名远播,久闻大名,今日得见,幸甚,幸甚!"牛筋作揖道。

"在下只是一介武夫,还望多多包涵!"杨英豪说。

牛筋打量了一下杨英豪,像是夸奖杨英豪,更像称赞江广明,又像自言自语:"虎威武馆教头,好眼力,好眼力,江老板真是好眼力呀,杨师傅真是此行的不二人选呀!"

"过奖,朋友之托,情义难却。江老板二公子和管家贵叔都来了,我也应尽一份力而已。还请尽快兑现,使江家大公子能尽快回来。"杨英豪说。

"一定,一定。我们马上前往寨子。"牛筋说。

于是一行人便往雷风寨方向进发。

出了雷山乡,一路往山里走去,渐渐便没有了现成的路,只是跋草丛、过莽林,如果不是有人带路,根本分不清东南西北,更别说找到土匪窝了。这样艰难地前行,走了十多里,到了一片小林子,牛筋停了下来:

"到了。"

"就是这里?"江宇跃疑惑。他长到十八岁,第一次走这么多的山路,还是这样没有路的山路,已经累得气喘吁吁了。

"是这里,不过,为使你们不认到我们的路,得先委屈一下各位。"牛筋从绑在水腰带上的布袋中拿出绳子和几块黑布片,依次把杨英豪、江家贵、江宇跃双手绑起来,蒙起双眼,三人立即看不到眼前的晶亮世界。

三人被带着走了一会儿,随着一声口哨,他们又被带上一条小船,下船后,再走了一些路。"好了。"牛筋的声音过后,蒙着他们的黑布片被解了下来,眼前的世界立即亮堂了。

读者朋友也许不解,我们平时在电影、电视剧里看到的镜头都是土匪寨里的大门高大庄严、威武雄壮、重兵把守、杀气腾腾,其实不然。现实中的土匪狡猾得多,他们更注重隐蔽性,他们知道,他们为民众和官府所不容,他们的枪械、人马都是不可与正规军及官府的力量相比的,所以他们尽量隐蔽,特别不愿暴露他们的匪穴,怕被官府一窝端了。雷风寨这股土匪为什么几十年来都能生存下来,这个也是一个重要原因。

平时土匪出没都没有固定的路线,都是临时踩出来,所以他们刚才进山时看不到有现成的路,到那片小树林后,旁边就是这条小溪流,小溪流从这座山的溶洞中流出,穿过这座山,进到里面就是雷风寨山谷。他们的岗哨就设在这座溶洞山的上面。其实,这溶洞就是寨子的山门,外人根本看不

9　匪窝

出来。这深山老林的,平时就人迹罕至,即使偶有山民到此,到那片林子后,也看不到留下的脚印了。而这小溪涧从这山洞流出,如果不留意,也很难发现能进去,更别说里面还别有洞天了。这些土匪亦匪亦民,规矩严厉,不敢暴露进山的秘密,如泄露天机,是要杀掉全家的。这也是几十年来官府剿灭不了他们的一个原因,每次进山根本找不到土匪老巢,打打停停,在山里打转。

杨英豪一行三人被蒙上了双眼,土匪当然不可能让他们看到这进出山的道路秘密,他们自然也不可能知道这一切。三人被拿掉蒙眼的黑布后,好一会儿才适应这亮堂的世界。

"欢迎杨大教头光临我这小山寨。"坐在高处的太师椅上的人发出声音,只是他戴着面罩,看不到他的脸。

"在下确是杨英豪,上座的想必是过山风寨主,杨某有礼了。"杨英豪给他作揖行礼,继续说道,"今日杨某受江广明大哥委托,同其管家、二公子前来贵寨,领回江家大公子,所要赎金已悉数送来,还望准允。"

"教头远道而来,可稍作休息,先饮几盅再领人不迟。"过山风说。

"多谢寨主好意,只是杨某受命而来,事不成,还未见着江家公子,做父母者,还在家里苦苦盼望,思儿早归,望眼欲穿,还请寨主体谅为盼。"杨英豪说。

"大佬少跟他啰唆,待我一粒花生米(子弹)收拾他,看他武功厉害,还是我子弹厉害。"站在过山风旁边的人接口说,看得出是雷风寨的二当家马化开。

"细佬(小弟)休得无礼。"过山风喝住马化开,又转头对杨英豪说,"教头难得来到此地,都说你威名在外,就让我们见识见识,同我二弟比试比试,如何?"

"好,看我的。"马化开听到这,大叫一声,手持大刀,跳了出来。

杨英豪这边还想谦让,马化开已大叫"教头接刀",情势已不容多想,他一转身,避开马化开斩来的刀锋,顺手撸下水腰带。这边马化开刀刀进逼,那边杨英豪舞动腰带抵挡,双方来去奔走,把手中家伙舞得虎虎生风,几个回合,不相上下。马化开一刀当头劈来,已把杨英豪的腰带削去一截,说时迟,那时快,只见杨英豪左手一挥,腰带不知什么时候已把马化开的刀柄牢牢缠绕住,再用力一拉,"嘭"的一声飞出了好几丈远,一个马步扎定,右手当胸直击一拳,马化开重重摔了出去。

"好,穿心拳,漂亮!"过山风从椅子里跳起来,"这就是杨家穿心拳,你们开眼界了!"

这边杨英豪忙不迭对马化开打躬:"得罪,得罪,请二当家海涵!"

有几个匪徒赶忙把马化开扶起来。他一边骂骂咧咧,一边气呼呼地喘着粗气。

9　匪窝

过山风站起来,大声对他的喽啰说:"徒儿们,你们今天都看到了,杨教头功夫了得,是大英雄,且胆识过人。我们雷风寨几百年来,无人敢到这里,杨教头不仅来了,还展现了他的真功夫,给我们开了眼界。是我们高州几百年来出现的英雄豪杰,从今以后,他就是我的大哥。"他又转身对杨英豪说:"请接受细佬(小弟)一拜。"

"这使不得,使不得!"杨英豪赶紧说。

"现在请出江家大公子相见。准备开宴。"过山风宣布,又转身对杨英豪说,"请大哥入内说话。"

杨英豪随过山风入得室内,过山风见已无他人,摘下面具,杨英豪立马惊呆了。

我们飘荡的河流

10 / 相逢

令杨英豪惊呆的是，立在这里的，是他二十多年前一起从师练武的师弟鲁虎。他之前也听过传闻，说师弟鲁虎已落草为寇，今天一旦证实，仍是惊讶不已。

"师弟怎么到了这个地方？"

"一言难尽，说起来话长。"

过山风便把自己的经历对杨英豪一五一十地说了。原来，二十多年前，杨英豪同鲁虎都是在南海县梁家武馆一起跟师傅习武学艺。这梁家武馆大有来历，开馆师傅为梁赞，梁赞传给弟子陈华顺，他们就是跟陈华顺师傅习武的。当然，我说陈华顺这个名字大家可能比较陌生、不太了解，但我说他的另一徒弟，大家可能就非常熟悉，那就是大名鼎鼎的叶问，再后来，叶问的徒弟中还出了个红遍全球的功夫之星李小龙，这当然是后话。追根溯源，他们两个同叶问是师兄弟。

他们两个都是苦孩子出身，杨英豪是孤儿，从小没爹娘，

10　相逢

到处辗转乞讨，一次在路上，又冻又饿，奄奄一息，被其师傅救起，从此跟着练功。鲁虎呢，据他自己说，他父亲早逝，母亲带他改嫁，继父对他不好，他便偷偷跑出来学武。他们两个都非常勤奋，很得师傅喜欢。师傅的妻妹跟着他们一起，他们同时喜欢上了她。后来，杨英豪赢得了美人芳心，师傅的妻妹嫁给了他，这就是他的夫人梁玉珠。鲁虎出师后，听说回到了他的家乡罗定，后来就没有了消息。杨英豪则回到了自己的家乡，开起了武馆。

实际上，鲁虎的身世经历要复杂得多。原来，他的母亲给一家地主做帮工，这家财主很有钱，却一直生不出儿子，财主看上了他的母亲，利诱他的父亲把他的母亲典给财主生儿子，生下儿子后，财主又找了个理由，逼死他的父亲。从此，他的母亲住在财主家，服侍着财主的全家。鲁虎懂事后，发誓要报仇，出外习武，学成回到家乡后，一天深夜，他潜入财主家，把财主及财主的儿子杀了，他的母亲从此也疯了，不两年就郁郁而死。鲁虎把财主的金银财宝劫了，加上财主两个未出嫁的女儿，一起劫上山，献给了土匪，从此落草为寇。靠着过人的胆识和一路的打拼，他也终于坐上了雷风寨的第一把交椅。

"原来师弟经历了这么多曲折事。"杨英豪感叹。

"我今天为什么戴着面具，就是怕你认出我后，当着这帮兄弟说出真相，这样恐对你将来不利，怕官府说你通匪。我让你比武,然后认你为大哥,又是为将来他们不敢对你惹是生非。我上山以后,已没人知道我的真名了。"过山风说。

"师弟如此这般也不是长久之计。"杨英豪说。

"再说吧,这几百号人跟着我,也还要管吃管喝的。"过山风答。

两人出了大堂。江宇飞已经被叫了出来,江家贵、江宇跃也同他进行了交谈,问长问短。

"有劳杨师傅!"江宇飞见到杨英豪后说。

"阿飞看来很精神。"杨英豪说。

"我可不敢动他一根毫毛,他可是我的财神爷。"过山风风趣地说。

"他们没有对我动粗。"江宇飞说。

"这江家公子学问大呢,一箩一筐的,跟我们讲了好多道理,我劝他入伙,他却不干。你们再不来赎,我可真的让他入伙做我的军师了。"过山风半真半假地说道。

杨英豪、江家贵、江宇跃看到事情这么顺利,江宇飞毫发无损,也就放了心,特别是杨英豪见到过山风原是自己的师弟后,自然也放下心来,盛情难却,且经过这一天的奔波,也就吃了晚宴。

傍晚时分,过山风派人把他们送出了山门洞。同来时一样,他们被蒙上了双眼,出了那片小树林,走的路又和来时不一样了。

10 相逢

土匪的警惕性什么时候都是很高的。

是夜亥时,他们一行终于回到了蟾坝村江家大院。

"明哥,我们回来了。宇飞少爷身体没有伤着,很安全,土匪没有对他打骂。"江家贵在大堂回复江广明。

"好,你们一路辛苦了。"江广明说。

"真是祖宗保佑,阿飞平安回来,没损着毫毛,谢天谢地,阿飞命大福大!"周全英在一旁说。

杨英豪顺着话题,赶紧拉过江宇飞说:"阿飞,快来跪下见过你阿爸阿妈。这几天,你阿爸阿妈为你的事东奔西走,借款卖田,操碎了心。"

江宇飞赶紧跪下见过父母:"阿爸阿妈,不孝儿给你们添麻烦了。"

"哼,我儿子本事大啰,长翼啰,逃婚啰。逃婚逃到土匪窝里去了呀,还有脸回来?!"江广明气呼呼地骂道。

"明哥,阿飞少爷也只是一时意气用事,回来的路上,反复跟我们说,他很愧疚,搞出这档子事,给家里造成这么大的经济负担,给你们添了大乱子,要打要骂,任凭你们处置。"江家贵替他打圆场。

"孩子还小,知错就好。在匪窝里刚出来,先让他回房休息,不要太责怪他。"杨英豪也附和。

"就给阿哥改正的机会吧。"江宇跃也替他求情。

"你这憨仔先滚回房里思过,明天再找你算账。"江广明喷骂。

江宇飞悻悻地走回自己的房间。

江广明见江宇飞出去了,对着他的背影狠狠地说:"真是不知天高地厚的小混蛋,他就是我前世的冤家,看来今生我就要被他气死。"

"明哥消消气,人安全回来就是万幸。"杨英豪说。

"对,对,你们说得对,先不和这小子怄气。"江广明说着,然后又对江宇跃说,"阿跃,你也先回房见见你媳妇。我再同你杨叔、贵叔聊聊。"

等大家散去后,江广明同杨英豪、江家贵一边喝茶一边闲聊。

杨英豪把一路上的见闻和深入土匪窝的经过跟江广明详细谈了,却没有谈自己跟土匪二当家比武将其打败的情况,也没有透露土匪头子过山风是其师弟的事实。他是觉得这只不过是自己的技艺,没有什么值得炫耀的,更不想让江广明觉得自己是在摆功。至于不透露过山风是其师弟一事,杨英豪心底有所顾虑:一来这确实是预先不知道,二来怕告知后会让人产生联想,三来也是不想让自己将来有什么牵连。

不过,杨英豪没有把自己的威风史告知江广明,江家贵却是立即做了补充:"这次多亏了豪哥,一记穿心拳把土匪二当家的放倒,镇住了匪帮的威风,压住了他们的气焰,使过山风不得不服,还心甘情愿地叫豪哥为大哥。豪哥的穿心

10 相逢

拳今天也真让我开了眼界。"

接着,江家贵连比带画、绘声绘色地把杨英豪同马化开比试武艺的事描述了一遍。

"豪哥真是胆识过人。你对我家的大恩大德,江某永世难忘。"江广明由衷叹服。

"明哥言重了。"杨英豪谦虚地说,"小弟只是学艺之人,艺精为自身所必需,土匪涂炭生灵,自然邪不压正。况且你江家为积德行善之家,明哥声名远播,上天佑护着江家,自然阿飞少爷能逢凶化吉,化险为夷,平安无事。"

"豪哥这次帮了我的大忙,不但在我危难之际慷慨解囊,借我巨款,还替我深入匪窝,你的人品我非常佩服。我的小女同你家刚智年岁相仿,我想同你结为亲家。"江广明说。

"那真是大好事。"江家贵附和道。

"大哥看得起我,真是我杨某的福分,只是我杨家高攀了。"杨英豪说。

"快别这么说,我喜欢你家刚智很久了。今日这事,只是加速促成,这是天造的姻缘,我们两家是有缘哪。"江广明说。

半宿,三人说个没完,越说越投机,越说越无间。

我们飘荡的河流

11 / 新程

一场由江宇飞出走而引发的系列变故，就此总算基本平息了。

江宇飞在家闭门思过。

回来的翌日上午，他在院子里走动，见到了宇跃的新媳妇林晓理。短短几天，生活已发生了巨变，面对他当初的订婚对象、现在的弟媳，他正有点犹豫怎么开口，倒是林晓理落落大方、很自然地跟他打招呼：

"大哥回来了。回来就好，这几天受累了。爸妈他们都很为你操心。"

江宇飞说："哦，回来了。这件事由我引起，连累了你们，家里破了财，使大家为我操了心。"他说这话，既隐约中有对自己逃婚出走对她造成伤害的道歉之意，也有为她在自己落入匪窝时同家人积极营救的感谢之意。

林晓理也明白他话中的意思，此时此刻，在一个屋檐之

11 新程

下,再多的解释也是显得苍白无力的,她只答了一句:"这都是命吧,也许这都是命中的安排。"

她以命中安排作答,真是巧妙得再好不过了。可以说这婚姻变故是归于造化作弄、命运使然,我没有怨恨你的出走和逃婚,也可理解为江宇飞出走后落入匪窝受磨难是命运安排。

他同江宇跃,两兄弟间也并没有因这婚姻的事生了嫌隙,他同弟弟之间也无话不谈:"你可要好好对待你媳妇。"

江宇跃说:"当然。"

江宇飞的闭门思过,似乎也获得了家人的谅解。他向父母亲表达了深深的悔意。这天,江广明、周全英一起在二进的中厅里同宇飞进行了回来后的第一次交谈:

"这几天想得怎样,有什么打算?"

"孩儿这次能安全回来,全赖父母不惜一切地营救。我的意气用事,使自己陷入险境,家里陷入困境,遭了大劫,大家都受了罪。这几天,孩儿也想了许多,深感自责,悔不该当初意气鲁莽地行动。"

"你这孩子从小脾气就倔,犟得很,这次闯了大祸,幸亏祖宗保佑你才得以平安回来,将来倒是怎么办呀?"周全英忧虑地说。

"你妈讲得对。我看你回来了,就不要出去了,帮着我照顾家里的事。你说你同林家姑娘不对脾性,是包办婚姻,你逃婚,多亏林家同意和宇跃的婚事,要不我这老脸往哪儿搁,我江广明怎么在这十里八乡行走?晓理已同宇跃结了婚,我看这婚事对着了,这姑娘同阿跃谈得拢,也很懂礼,这可是我们江家的福分。我看也要叫六婶赶快给你再说一门亲事,拴住你的心,要不心都野了。"江广明说。

"爸,我还要回学校读书,我也不想结婚。"江宇飞一听说又要说亲事,坚决回绝。

"啪!"江广明重重拍了一下茶几,大声骂道:"混账东西,顽劣不化,不可教也。"

周全英赶快打圆场:"明哥别生气,这事再从长计议,别同孩子拗上了。"

第一次就这样不欢而散。

总这样怄气僵持、执拗着也不是办法。又一天晚上,周全英看着自己的丈夫心情不错,也就主动提起这个话题:"我看飞儿这事,还是让他回校读书吧,这孩子也是块读书的料,不让他读书,真是可惜,老让他在家里待着,还憋出病来,万一这孩子想不开,去跳江了,到时倒是后悔莫及。"

周全英这么一说,也倒使江广明心有感触:这孩子脾气倔得十头水牛都拉不回,真怕他有什么三长两短的。慈母爱儿心切,他也不是铁石心肠,只不过嘴里还是说:"你生的这个好仔,真是不令人省心,在家里看着烦,放出外又怕惹是生非。好,天明就跟他说,让他滚回学校去,我也眼不见

11 新程

心不烦。"

于是便有了父母同儿子间的第二次对话。

"你妈跟我说,还是让你回学校去,我也就同意了。"江广明口气软了下来,但嘴里还是不认输,话说出来,还是因为你母亲的求情,看在你母亲的面上,使自己也找到了一个台阶,也间接说出母亲对他的爱。

周全英也就说:"你回校要好好读书,不要辜负你爸的苦心,生生性性,不要搞么子事来让我们担惊受怕的。"

"爸妈的大恩大德,小儿一定铭记于心。"江宇飞看事情有转机,喜形于色,赶忙表态。

这么轰轰烈烈的一件事,终于得到圆满解决,江宇飞又愉快地踏上了去往广州的旅程。

这次他再不用深更半夜爬墙了,他正大光明地到前面的鉴江边搭船。按照原来的线路,从梅菉出海再前往广州。两天后,他回到了他就读的广东公立法政专门学校。

广州,祖国南方美丽的城市,一座英雄的城市,更是一座充满火热活力的城市。一踏上这座城市的土地,江宇飞就仿佛回到了自由的天地。从包办的婚姻里挣扎出来,又经过匪窝的牢笼,再经过同父母的抗争,重新回到这个熟悉的地方,他确实感到自由的宝贵,一下子觉得轻松了许多,也仿佛一下子全身充满了力量。

船慢慢靠近珠江天字码头。他从船上跳上岸。在跳下船的一刹那，走在这坚实的街上，他确实觉得广州的天是蓝的，水是清的，人民是积极向上的。他豁然开朗起来，大声说："广州，我的城，可爱的五羊城，我回来啰——"声音悠然自得，充满喜悦，一扫这段时间困扰他的忧郁心情。

星期天，江宇飞到他舅舅家探访。舅舅周立生住在东山，广州的老居民一般住西关一带，富户也很多。东山一带是官员、有钱人等新贵比较集中居住的地方，这里环境幽静，背倚越秀山，面对珠江，可远观二沙岛，风景优美。过去有"西关小姐，东山少爷"之说。此处离省政府办公地和商业中心高第街一带也很近。

周立生在省政府秘书室做事，他早年留学日本，毕业于早稻田大学，同高城中学校长冯宏图是同学。留日期间，他加入了孙中山领导的同盟会，积极参加推翻清王朝的革命活动，结识了一大批反清的革命志士。中华民国成立后，他回国先在广东高等师范学校任教。北洋军阀袁世凯窃取革命政权，孙中山开展反对袁世凯的二次革命、护国运动，到后来在广州成立中华民国军政府进行护法运动，以后就任非常大总统，再后来成立陆海军大元帅府。周立生一直跟随孙中山左右，摇旗呐喊，奔走呼号，协助孙中山草拟文稿、发表电文，宣传革命主张和建国方略，是一个很有正义感的知识分子。

江宇飞把从家乡带来的土特产品放下，同自己的舅舅、

11 新程

舅母还有两个表妹打了招呼,做了问候。

他的舅母刘美琪是广州本地人,商户人家出身,读过几年书,是个知识女性,在娘家时帮忙做些杂务,嫁给周立生后,没有出来做事,特别是两个女儿出生后,事务多,她一直在家,照顾丈夫和小孩的饮食起居。她对江宇飞很是喜欢,觉得他懂事,他来了,又同两个小表妹玩耍得很熟:"宇飞回来了。小波和小涛还念着你,说宇飞哥好久不来了呢。你爸妈就是客气,每次来,都要你带大包小包的。"

她说的小波、小涛就是他们的两个女儿,大的叫周洪波,时年十岁,小的叫周洪涛,时年六岁。

周洪波见到他,更是直接说:"飞哥,你好久不来了啊。"

在客厅坐下后,对着自己的外甥,周立生开口问道:"你这次回来迟了些日子,乡下有什么事吗?"

"确实发生了一些事,还差点出不来了,父亲不想让我读书,想让我回去结婚,帮他料理生意的事。"江宇飞说道,接着,就把自己逃婚、被土匪绑架、家里卖田筹款、把他赎回的过程讲述了一遍。

"原来发生了这么多事。"周立生停顿了一下,又说,"姐夫简直就是愚鲁、封建、守旧,孩子的婚事怎能靠骗、逼的呢?唉,乡下还是很守旧、很守旧!真拿他们没办法。"

"我是极力抗争,还有母亲也从中圆场,这好歹才能回

我们飘荡的河流

来,要不都没这读书机会了,完不成学业。"

"对,飞哥哥,我支持你抗争。"周洪波才读小学三年级,但因为在大城市,说起话来,倒像一个大人的口吻。

"回来就先安心学习。"周立生安慰他。

12 / 洪流

二十世纪初，正是社会急剧变化的年代，各种思潮风起云涌。五四运动以后，马克思主义在中国迅速传播，各地纷纷创办各种刊物，介绍马克思主义思想，成立马克思主义性质的团体。在广州，也涌现了一大批思想活跃的进步青年。杨匏安利用记者的身份，以"世界学说"的名义，积极介绍马克思主义思想，谭平山、谭植棠等从北京回来的学生也迅速加入这一行列中。陈独秀就任广东省教育行政委员会委员长后，把《新青年》移到广州进行编辑发行，同时，积极联络先进分子，筹建成立广州共产党组织。广州成为继北京、上海之后思想最活跃的中心，不久以后也成为大革命的策源地。江宇飞同一大批新青年一样，迅速汇入了这股革命洪流之中。

江宇飞回广州以后，继续投入课业的学习，但是，他又是一个非常活跃的青年，更是一个不断追求进步的青年。他

我们飘荡的河流

非常关注各种政治读物。当时,高雷地区有一大批在广州的广东高等师范学校、广东医药专科学校、广东省立第一甲种工业学校、广东公立法政专门学校等高校读书的学生,他们志同道合,关心时事,组成了"高雷同志学社",黄学增、朱也赤、邵贞昌、朱光震、杨绍栋等都是主力。他们定期聚集,交换报刊传阅,交流心得感想。

一个星期天,他们相约畅游黄花岗。黄花岗埋葬着1911年孙中山先生为推翻清朝封建统治而发动广州起义时牺牲的七十二位烈士。聚集在烈士们洒下热血的土地上,这帮热血沸腾的青年感慨万端。

朱也赤说:"民国成立以来,到处军阀混战,民不聊生,北洋军阀政府窃取了革命果实,袁世凯称帝,张勋复辟,一个个你方唱罢我登场,把我们的国家搞得乌烟瘴气,躺在地下的英烈们假若有知,也是心中难过的。革命的道路还非常漫长。"他是一个敦实的小伙子,说到动情处,额头上的青筋都凸了出来。

"北洋政府就是腐败无能,我们中国参加第一次世界大战,作为战胜国,帝国主义却把我们当作一块肥肉来瓜分,在巴黎和会上,居然要签订丧权辱国的条约。如果不是爆发轰轰烈烈的五四运动,我们的青岛,我们的山东就又沦为殖民地了。这样的政府还有何用?我们中国必须建立一个像苏维埃俄国那样的共产党领导的政权。"就读于广东省立第一甲种工业学校的黄学增慷慨激昂地说。

"苏俄建立的共产党政权确实是一个非常好的制度,我听说,他们都是供给制,自给自足,人人平等。"江宇飞说。

梁超群接口:"苏俄建立的政府是否符合中国情况,我们还要拭目以待。我觉得中国革命就是要彻底废除强权,实现完全平等,建立各尽所能、各取所需的制度。黄凌霜、区声白先生的思想是可行的。"他受无政府主义思想影响,比较推崇黄凌霜、区声白,所以说这种话。他就读于广东医药专科学校,家里一心希望他学医,以此来行医济世。

"在中国,无政府主义是行不通的。只能建立共产党领导的政权,唤醒工农起来,推翻封建专制。苏俄就是我们学习的榜样。"朱也赤铿锵有力地说。

"俄国十月革命的成功,确实让我们看到了希望,找到了出路。大钊先生发表在《新青年》上的那篇《布尔什维主义的胜利》,读了真使人振奋,你看他写到'试看将来的环球,必是赤旗的世界',这是多么令人欢欣鼓舞的诗句,更是令人奋发向前的动力。"邵贞昌饱含激情地说。

"守常先生是最早写文章介绍十月革命的,他的许多文章都写得很有见地,我对共产党的认识就是读了他的那篇《我的马克思主义观》。他还身体力行,已在北京创办了共产主义小组,独秀先生也在上海成立了'共产党'。"黄学增说。

"杨匏安先生发表在《广东中华新报》那篇《马克思主

义》说得很透彻，通俗易懂，很值得一读。"朱光震说。

"平山先生现在我们学校任教，他在北京大学读书，对社会主义学说就很有研究。"朱也赤说。

"对，谭先生是一个很有理想的人，他在雷州中学任教时，我就非常喜欢听他的课，他的讲解激情澎湃，确实令人敬佩。他后来到北京大学读书，亲历五四运动，回穗后积极进行建党，他是既有理想又有行动的人。"黄学增说。

"法国是社会主义思想的发源地，我很想找机会到那里看看，我准备参加勤工俭学活动到那里学习。"江宇飞说。

"最近的学说很多，都使人眼花缭乱了。罗素先生最近来华，他在上海、湖南和北京演讲，按他的说法，不应用暴力的手法来推翻政权，不主张无产阶级专政，主张通过和平进化的手段来废除私有制。"梁超群说。

"罗素的那一套在中国行不通。我看了张东荪陪同他到湖南回来后写的《由内地旅行而得之又一教训》，说什么中国当务之急不是宣传什么主义，更不是实行社会主义，而是开发实业。这种实业救国的论调就是陈词滥调，难道这开发实业和进行社会主义运动是矛盾的吗？一派痴人说梦。"朱也赤驳斥道。

"我们也应该写点文章来驳斥他们。"杨绍栋提议。

"对，我们学社不光是要读书，还要思考，还要发声。也赤，你这个文宣部长可要发挥自身的特长哟。"黄学增说。

12 洪流

朱也赤是学校学生会的文宣部长,听到黄学增点自己的名,说:"我也正有这个想法。我想以我们学社的名义,创办一个学刊,大家写点文章,发表评论。"

"这个刊物叫什么名称好呢?"江宇飞问道。

"就叫《羊城前哨》。"朱也赤说,"我下星期就想到广州太古仓码头和广州麻包厂开展调查,深入工厂、工人中去,听听他们的心声和想法。要开展革命运动,首先就要唤醒工农,而要唤醒工农,唯一的方法就是到工农中去。"

黄学增赞成:"这个提议好,我和宇飞、超群也一同前去。"

"我就不去了,我不想做这些无谓的事。"梁超群说。

时代的洪流滚滚向前。

南国春来早,怒放的木棉花昭示着广州这个生机勃勃的城市春天早早降临。1921年3月,广州成立了共产主义小组。7月,中国共产党第一次全国代表大会在上海召开,宣告中国共产党成立。中国共产党的成立是中国历史上开天辟地的大事。

这春雷般的消息也激励着在广州各学校就读的进步青年。高雷同志学社的同学们在聚会里,相互交流,热烈讨论。

黄学增是高雷地区同学中第一个加入共产党组织的党员,他首先同大家分享这一喜悦:"我加入了共产党,在高第街素波巷的宣讲员养成所里,是谭先生介绍和领誓的。"

大家都投来好奇和询问的眼光，这一批志同道合的青年学生，虽然都对马克思主义思想很感兴趣，但对共产党的认识还很朦胧、很肤浅，对如何加入共产党组织，加入党组织需要什么条件、手续，确实还不了解。

"我也想加入共产党，你介绍我加入吧。"朱也赤说。

"加入共产党组织，不是想介绍就可以入的，党组织要进行严格的考察和了解，我们要积极为党工作，接受党的考验，创造条件加入党组织。"黄学增说。

"还要那么麻烦的手续。"梁超群说。

"学增说得对，我们要多做工作，我们学社要做更多的交流和宣传。"朱也赤说。

江宇飞说："独秀先生宣传很有一套，《新青年》到广州出版发行后，销量更大，影响更广。最近《广东群报》的版面变化很大，内容也更丰富了，听说就是谭平山、谭植棠等听从了他的建议，进行了改版。也赤，你上次写的那篇《匹夫在想什么》就很好，我觉得你应该投到《广东群报》去发表。"

"对，我们不但要交流、投稿，更要投入到这革命运动的洪流中，争取早日加入共产党的组织。"朱也赤说。

高雷同志学社的同学们积极投身革命运动中。黄学增、朱也赤、邵贞昌、朱光震、杨绍栋、江宇飞等积极参加广州学生运动，到街头张贴标语，画宣传画，散发传单。他们在革命活动中不断锻炼成熟,也充分表现了各种组织工作才能。

江宇飞此段时间,在积极联络、组织赴法留学事宜。夏末,他们启程前往法国。这趟从广州天字码头起航的客船中,大部分船客是留学生,且以广东籍居多,还有广西、福建、江西等周边省籍。在同去的这批广东籍留学生中,还有高雷籍的黄平民。

汽笛一声长鸣,轮船慢慢驶出码头,劈波斩浪前行,身后只留下前来送行的朱也赤等人的身影和远远传来的声音:

"我——们——等——你——归——来!"

我们飘荡的河流

13 / 喜事

　　同新思想新生活澎湃喷涌的广州相比，离省城九百多里的高雷地区茂名县却平静多了。在省城的人看来，小小的县城就是真正的乡下。

　　乡间人有乡间人的活法，日出而作，日落而息，生活波澜不惊，日子平静怡然。江广明的心情也逐渐好转起来。从土匪窝赎回江宇飞后，他曾当着杨英豪的面说，他要同杨英豪做儿女亲家。他一直惦记着这件事。过了农历新年不久，他就委托六婶办理这件事。六婶自然是驾轻就熟，因为两家都熟悉，熟门熟路，知根知底，也就一说就成。虽是熟人，但礼节一点也不敢大意和怠慢。六婶前去说媒同意后，杨英豪家郑重送来"下定书"。江家便选了个好日子，在高城最豪华的酒楼瑞兴楼广宴宾客。

　　高城中山路上街，一栋醒目的四层楼巍峨高耸，"瑞兴楼"三个颜体大字熠熠生辉。老板陈瑞元为名厨师，是高城

13 喜事

唯一会做满汉全席的人。他经营有方,让瑞兴楼成为高城饮食业界的龙头。瑞兴楼不但开办宴席、客餐、茶市,还设糕点、饼食、加工烧腊、外卖副食品,配料讲究,精工制作,色味俱佳。一、二楼为饮食业,三、四楼为旅馆业。可以说,在瑞兴楼举办宴席,就是身份和实力的象征。

当江广明、杨英豪来订宴席时,陈瑞元不敢怠慢,亲自出来接待介绍:"两位都是我们高城的知名人士,令人敬仰,又是患难之交,今结为儿女亲家,可喜可贺,我打心眼佩服。今就把一、二层全给你们用作订婚宴席,不再接待其他客人。"

如此订婚宴,在高城尚属首次。

订婚宴上,除了江广明、杨英豪双方家人外,自然还有林崇业、陆运程、冯宏图、江满生等一行人。陆运程在江宇飞落入土匪窝后,不肯借钱给江广明,反而乘机敲竹杠,乘人之危低价把江广明的好田买下,确实令人反感,但人家在这里当政,面子上还要过得去。

酒到浓处,气氛达到了高潮,江广明情不自禁走上讲台,大声发表感言:

"我的小女江宇翔今天同杨家的大公子杨刚智订婚,我同英豪师傅结为了儿女亲家,从今以后,我们江家同杨家就是一家人了。"

杨英豪也说:"能同江家结亲是我们的福分,广明哥看得起我们杨家。"

席间,大家不时响起掌声,也不时交谈:

"两家是危难见真情。"

"他们是强强联合。"

这边,冯宏图听到大家的议论,灵机一动,同陆运程打趣道:"陆县长,你家公子也到订婚年龄了,林家、杨家小姐待字闺中,不如结亲,成全了好事。"

林崇业说:"这提议好,能攀上县长的家宅当然是好事。"

陆运程说:"民国不怎么兴订婚了,小儿年纪也不小了,入乡随俗,有合适的却也无妨。"

散席以后,陆运程回到家里,刚才冯宏图的话又在耳边回响,冯宏图随口而出的一番话说到他的心坎里了。确实,他的宝贝儿子长大了,是应该考虑婚事了。他夫人有习惯性流产,一直怀孕不上,多年求医不断,寻访名医,药吃了不少,才总算生了这根独苗。因是得来不易,他们夫妇对他宠爱极了,也养成了这小子唯我独尊的个性。他盘算了一下,杨家的小女儿呢,年龄也适当,但杨英豪就是武夫一个;林家财大气粗,同江家已是儿女亲家,和江家关系更密切,与林家结亲,可能更有利。特别是他买进江家那二十亩好田,不仅是用来耕作的,还想用来做大宅子,同林家结了亲,将来蟠坝村江姓族里有人出来挑头闹事,也可请林家出

13 喜事

面斡旋。

主意想定后,他就托六婶说媒。

六婶领了使命到了林家,说明来意后,林崇业说:"好事,好事,男大当婚,女大当嫁。我家二丫头也确实要定下这终身大事了。陆县长家世代为官,不错。"

听了丈夫这个表态,他的妻子李芳草说:"林哥,这事是否缓一缓?晓道尚小,还在读书。况且我听说,这陆家公子吊儿郎当、惹是生非的,品行不端呀。"

林崇业说:"不要道听途说。男孩子顽皮点,还不太入性,长大就好了。"

李芳草皱了皱眉,也就不好再说什么反对的话。

于是,又有一场林家陆家结亲的订婚宴。间隔不久,在这高城里有两场订婚喜宴,且都是大户人家,一时被人津津乐道,成为人们茶余饭后的谈资。

世事流水,其乐融融。

江家还有更好的喜事在后头。入秋后,江家的媳妇林晓理生下了他们的大儿子,江广明给自己的大孙子取名江振人。孙子满月,江广明又是大摆宴席。

江家开始还担心江宇跃同林晓理的感情问题,事实上看来担心是多余的,这不,大胖孙子都生下来了,江家、林家上上下下当然是个个满心欢喜。

自经过赎回江宇飞这事,江宇跃确实感到林晓理的大气、懂事明理。为救大哥,江宇跃那段时间冷落了林晓理,从雷风寨回来后,他就热情待她。他说:"这段时间多亏你在家照顾爸妈。我也没时间待在你身边。"

她就半调皮半撒娇地说:"那你今晚就好好待在我身边呀。"

"我是要好好补偿。"江宇跃说完,就抱紧了她。

她本来就比江宇跃年龄大,生理和心智都比他成熟,她这一主动挑逗,他自然就热烈回应。于是,两人的鱼水之欢也就越来越浓。

14 / 言商

日子红红火火，商号的生意也越做越好，江、林两家顺风顺水。江广明在这平安顺利、意气风发的日子里，萌生了重组茂名县商会、进行换届选举会长的想法，还希望加强对各同业商会的领导，联合高雷各属商会。

茂名县商会成立于清光绪末年，十多年间，由高城商业大商号"永发号"业主何度任会长。何度经营副食百货，出身非常贫苦，年轻的时候是走街串巷、摆摊的小贩，节衣缩食，积累了一点钱财。当初成立商会时，高城大商户不多，他还算有点资本，矮仔里面选高佬，就把他选上了会长。事实摆明这是一个非常错误的选择。此人为人极端小气，加上胆小怕事、自私自利，十多年间，商会没有什么作为，徒有虚名而已，他又占着这个位置，一直不肯让贤。去年病重期间，他想叫他的亲家，也是同样做副食行业的"万益号"老板韦海彬来接任。何度年初去世后，这会长一职就一直空缺着。

这天,江广明叫来林崇业、江满生、江家贵、冯宏图吃饭,席间,他把自己的想法讲了出来,得到了大家的热烈响应。

林崇业说:"这事再好不过了。有明哥你挑头就万事好办,一定要把商会搞活起来,焕发生机,做得风生水起。"

"这事能办成,确实很有意义。目前,我们茂名县属几个乡的商会组织,总的来说,还是规模小,交流联络少,资源互补、合作不够,各干各的,单打独斗。许多商会徒有形式,作用没有发挥。从高州城情况来看,有大小商号、店铺、摊贩三百多家,比较有规模的也有二十多家,同业公会有七八个,这是一支强大的力量,但商会牵头引领能力不强。"江家贵说。

"我是经过飞儿这事,才切身觉得这商会的重要,本来要筹一万几千块现款不是难事,却因为我们高城商会软弱涣散,没有发挥团体作用,组织不起来,办不成事。再不能单打独斗、各干各的了。"江广明说。

"明哥说这个事有理。"江家贵说。

林崇业说:"我们茂名商会这十数年间,徒有虚名,挂羊头卖狗肉,没能很好维护商户利益,更不消说为百姓做些好事、实事了。老何霸着茅坑不拉屎,早应该罢免他了。"

"老何这个人自私小气,刚愎自用,把持商会十多年,不受人待见，商家不愿意亲近，他自己更没有号召力、组织力，人心不归拢，自然做不了什么事。我虽不是商界中人，但有用得着我这一介书生的，也定当效劳。"冯宏图说。

"自然少不了你这个大才子。"林崇业说。

"老何把持商会的时代已经过去，他这个人已不在，也不用再多说他这个人了。我们重新召开大会，换届选举会长，就是要团结更多、更广泛、更高层面的商界同人和有识之士，使整个高城乃至整个县的商界精英和一般商户都愿加入进来，使我们的商会形成强大的合力。会长人选很重要，这是标杆，要起带头作用。"江广明说。

林崇业说："这个事是要抓紧筹划。"

"明哥当然是会长的不二人选啰。"冯宏图说。

"对，不管是财力、魄力、能力，明哥都当之无愧。"江家贵说。

"我乐于挑头做些事，但还要做一些商界同僚的思想工作，听听他们的意见建议。老何虽然不在了，但也有一股势力在，特别是他的亲家老韦，一直都想做这个会长。"江广明说。

"韦海彬这个人也是同何度一路货色，没有什么能力，更没有德行服众，成事不足，败事有余罢了。"林崇业说。

"既然大家想法一致，我看就先开始着手做些准备工作。草拟布告倡议、修改章程等事宜就由家贵和冯校长负责，我

我们飘荡的河流

同老林负责拜会老韦,同他先沟通一下,再召集商会几个理事来商议,征求大家的意见。"江广明说。

大家就分头行动。

江广明、林崇业约了个时间,一同前往韦海彬的家拜访。韦海彬的家在南华路边上,是一座小四合院。南华路靠近鉴江,这一带商业是非常繁华的。商会的地址就离他家不远。

寒暄过后,江广明把来意同韦海彬说:"这些天同一些商界的同人聊天,大家有一些看法,觉得要发挥我们县商会的作用。老何过身后,这商会的事,他指定你先负责,我们想召开大会,举行换届选举,大家推选会长。"

韦海彬听说是这个来意,先是怔了一下,他显然是还没有考虑过这事,也还没有做好心理准备:"哎呀,原来两位是为这事而来,这商会之事,一直是老何打理,老何走后,指定我负责一下,老实说,我还没放多少心思在这里,确实也理不好,只是老何的意思,所以我才勉为其难为之。两位有这个意愿,正好,容我再考虑一下。"

临走,林崇业还不忘说:"这事还请老韦你赶紧办。"

江广明、林崇业告辞后,韦海彬狠狠地跺跺脚,发着牢骚:"丢他妈,这江、林两亲家合伙上门来,还以为有什么好事,原来是想逼宫,要做这商会会长。我就不让他做,看他们有什么恶作。"

他的儿子韦润庆也说:"爸,你就不要让给他做,看

14 言商

他们能怎样,这两个家伙,近两三年赚了点钱,就疯气爆爆了。"韦润庆继承他老子的事业,打理他的副食生意,正是他娶了何度的女儿为妻。

倒是他的妻子何蓉大度地说:"这商会出钱出力,吃力不讨好,阿爸做了十几年的会长,也做不出什么名堂来。现在江叔他们肯出来做,不是大好事吗,你们还争什么?"

"你这个长毛婆懂个啥,再在这里吵吵,小心我动手。"韦润庆转过头来,大声骂他的老婆。

江广明、林崇业出门后,走在路上,两人也对刚才韦海彬的态度进行议论。

林崇业说:"看来这老韦思想不通呀。"

"岂止是不通,简直同老何一个样,真是不是一家人就不进一家门,臭味相投。如再给老韦做这商会会长,真是天理不容了。"江广明说。

"先不管他,我们抓紧做该做的准备工作。"林崇业说。

几天后,冯宏图把拟出的布告送来给江广明过目,只见上面写道:

告高城及各乡商户书

鉴水之滨,泱泱之城,车水马龙,飞帆竞发,南来北往,商贾云集,熙熙攘攘,人潮如涌,农林牧商,百业发展,经贸集市,昌繁荣盛,百姓安居,人心乐业。茂名县商贸联合会成立十余年间,精诚团结，勠力同心，荣辱与共，维护商户利益，共同为我县经济及高州城商贸产业不遗余力、贡献良多。广明崇业，深知不才，值此太平盛世，唯继续光大发扬商贸联合会创立之宗旨，我们发起召开商贸大会，进行换届选举。特贴此示，广而倡之，望高城及各乡广大商界同人踊跃起来，齐心协力，玉成其事。

发起人：江广明、林崇业

中华民国十二年六月

江家贵也把调查了解的各行各业商号情况详细做了统计，列出清单如下：

陶瓷业3家；

副食品业30家（粮油、制糖、糖果、糕点、饼食、凉果、茶叶）；

酿酒业6家；

木材业3家（木材采伐、加工、购销）；

纺织业6家（棉纺织、麻纺织、缫丝）；

纸料文具业4家；

医药业6家；

百货业3家；

布业6家；

洋服业3家；

金银首饰业 8 家;

梳篦业 3 家;

染料业(洗染)3 家;

灯料业 2 家;

竹器业 16 家;

烟丝业 7 家;

砖瓦石灰业 9 家;

钟表业 2 家;

故衣业 5 家;

包点业 8 家;

照相业 2 家;

旅店业 3 家;

理发业 13 家;

典当业 2 家;

饮食业 16 家;

其他 28 家。

目前还有茂西、茂北、茂南几个商业分会,金银首饰业、陶瓷业、副食品业、酿酒业、医药业、砖瓦石灰业、百货业、饮食业、竹器业等 9 家同业商会。

江广明看了一下:"阿贵,你很细心呀。"

不久,江广明做东,邀请了各业中有代表性的商户来商议,包括高城百货业大商号"万益号"老板韦海彬、布业大商号"绵泰号"老板李季廉、医药业"正和堂"堂主关湛庭、饮食业大王"瑞兴楼"老板陈瑞元,他的亲家、木材业"同兴号"老板林崇业,地点就选在瑞兴楼。

"重组茂名商贸联合会,我一百个赞成。我虽不是商界中人,但乐为各位商界大佬出力,只要明哥开声,我是随叫随到。"冯宏图第一个出声。

"这是天大的好事。高州城作为堂堂府城,广东下四府之首,商会组织虽然较早就成立,但牵头联络高雷各属县的商会方面一直做得不够,通过召开一次大规模的会议,改选会长,改革章程,加强同各地商会组织联络,这是利商利民的大好事,我举双手,一百个赞成。"布业大商号"绵泰号"的李季廉如是说。他祖籍信宜,却出生于马来西亚,是归侨,他也非常希望加入商会。

饮食业大王瑞兴楼老板陈瑞元更是欢呼雀跃:"反正我是做餐饮的,依靠各位商界大佬帮衬,商会就是我的家,瑞兴楼也是商会的家,我这里随时可以提供方便,有得住有得食,各位大佬多来我这酒楼,我们会做到最好的服务,吃饭住宿,我打八折。"

"人多力量大,商会自然是人越多越好,我也赞成召开大会,发展会众,扩大会员,选举会长,发挥商会的活力。""正和堂"堂主关湛庭说。

14 言商

"商会自成立以来,一直是老何负责。摊子铺得大,人员混杂,各地都有,情况不同,管理麻烦,还要雇工照料商会日常事务,会费开支很大。十余年间,老何敬业有加,为商会付出很多精力,无功劳也有苦劳。商会这几年维持不易,平时费用不够开销。老何走后,叫我负责此事,本人何德何能,只是勉强为之,苦撑局面而已。今江老弟肯接手此事,最好不过。"韦海彬说。他言语间虽说自己无才能,但言下之意,还是想做这个会长,又摆出老会长何度的功劳来。

江广明说:"这会长一职还是由老韦来做,你这段时间在负责,情况也熟悉,你做比较合适。"

林崇业见江广明表态让贤,赶紧说:"我们还在推动这个工作,是在准备阶段,会长人选是谁,可以再酝酿,我认为可以多方物色、比较,列出人选,让会员推举,这样更好。商会今后如何运作,架构、章程还有待修改。这是接下来第二步的事。"

这次碰头会议后,江广明、林崇业一众人要改选商会,取代韦海彬的说法就悄悄在高城流传开来。

江广明等人也听到一些这样的议论,但不为所动。江家贵跟他说:"商会再不改选,一潭死水,死气沉沉,没有活力,终会自生自灭而已。我们身正不怕影斜,都是出于公心,为大家做点事,做好了,大家就认可你了。"

我们飘荡的河流

15 / 争夺

茂名县商贸联合大会的事开始紧锣密鼓地进行起来。

江家贵、冯宏图按照江广明、林崇业的意思,重新拟定了新章程,按照新架构,设会长一人、副会长四人、理事三人。

与此同时,韦海彬也开始了对会长一职的争夺。

韦海彬同其儿子韦润庆前往拜访高雷警备司令部高州驻军团长邱兆光,时邓本殷任高雷警备区司令,整个高雷地区由其军队统治,邓是钦州防城人,他本人经常龟缩在其老家,或者到处巡查,敲诈勒索,布防事宜则由邱兆光负责。

韦海彬结结巴巴说明来意,送上两百块大洋。

邱兆光对他爱理不理。这姓邱的极为贪婪,知道韦老头的来意后,知道他为人极为吝啬,肯定这一次也没有多大油水可捞,所以也就没有表现出过多热情,只是公事公办的口吻:"商会是民间组织,不在我们驻军管辖之列,况且这会

15 争夺

长是经商会协商选举产生,邱某不便干涉呀。"

韦海彬说:"商会平时一直支持驻军,对驻防军饷也是多有捐赠,我们商会同驻军联系也很密切,还请团座大力支持为盼。"

韦润庆说:"商会一直运作良好,只是近来江广明、林崇业一班人想谋取商会会长一职,故搞得满城风雨。江广明就是骗子一个,此人极有阴谋野心,一旦让他得逞,商会将不可收拾。"

"我倒听说江广明为人仗义,生意经营也很好,口碑极佳。"邱兆光说。

韦氏父子商量后,又觉得要走陆运程这条线,他们又风风火火地到陆运程处告状。

陆运程装作很同情他的遭遇:"韦老板,你一直负责商会工作,按理说,商会改选,会长一职非你莫属,但现在江广明、林崇业一班人杀出来,风头正劲,他们人多势众,生意又盖过了你,看来你这个会长是打了水漂。"

"还是要烦请县长大人多费心,出面干预才行。"韦海彬说。

"我堂堂县政府,怎么好出面干预民间商会的事呢?"陆运程说。

"我爹不是非要做这个商会会长,只是江、林两家联手,欺人太甚,所以才不得不请县长大人出面。"韦润庆说。

"这事容我再想想,你们先回府去。"陆运程打发他们走了。

事情也就不了了之。

茂名县商贸联合会会员大会在高州城大街瑞兴楼一楼大厅举行,门口摆满了祝贺的花篮,有各县商会的,有衙门机构的,也有单独商号的。

整个大厅人声鼎沸。

陆运程大摇大摆到来,慷慨陈词:"诸位商界精英今天会聚一堂,商谈今后发展大计,此乃本邑千年之盛会,幸甚!幸甚!本县商贸繁荣发展,以往大家出力甚多,今后仍赖诸位……"

他在上面说,下面乱糟糟,议论纷纷:"就在那磨嘴皮子,不干一件实事,搅屎棍一条。"

杨英豪说:"尽说些无关痛痒的话。"

大会的一项重要内容就是选举会长,根据之前的征求意见,这次会议推举了两名候选人:江广明、韦海彬,以大会选举为准,得票多者当选。经大会选举,江广明高票当选会长。在参加的二百六十人投票中,江广明得票二百三十张,韦海彬只得票二十三张,另有几张弃权的废票。落选的韦海彬为副会长,还另推选李季廉、陈瑞元、林崇业为副会长。

大会宣布江广明当选会长时,大家报以了热烈的掌声。与此同时形成的鲜明对照,却是韦海彬父子的脸一阵白一

15 争夺

阵黑。

江广明作了热情洋溢的讲话:

诸位同人:

今天,经在座共同努力,盛会得以召开,全赖诸公的大力支持。承蒙大家抬举和厚爱,选举我为会长,此乃对我的极大信任。本郡自有商会组织十余年,有赖创会会长何大哥之功,何会长故去,又全仗韦大哥苦撑,才有今日之局面,本来,这会长人选,乃韦大哥最合适,也最了解商会情况,但韦大哥高风亮节,奖掖后进,使我倍感钦佩。江某不才,倡议商会大会召开,本只是抛砖引玉,共襄盛举,以期能有贤者出头担纲,联络诸位。今大家抬举,勉强为之。高城人杰地灵,商贸发达,商会之职,即为在商言商,维护经商之秩序,共助商贸之发展,自此之后,商会就是我们的家。我将秉承共同合作之理念、振兴家乡之初衷,为大家出力,为高城发展服务。昭昭之心,日月可鉴。

大家便报以阵阵掌声。

高潮之处,大家喝酒猜拳,好不热闹。

各位商家纷纷前来举杯祝贺新当选的会长:

"有江大哥带头,我们将有更多合作。"

"江大哥现在是我们商会会长,就是我们的大哥,今后只要大哥开声，我们将同甘共苦，不遗余力。"

"商会就是要一起努力，大家联合，共同发展。"

吴川、化县、电白、信宜、遂溪等地商会也被邀请来参加。

吴川商会的会长是梅菉的航运业大王、"群利号"老板陈华章，他占据整个鉴江的客运和货运的八成以上。其他商号运输靠的大多是木帆船、敞篷船、小舢板，他的"群利"航运公司全部是机动船，可见他的财大气粗。他说："江会长声名远播，这次让我见识了你的风采，将来我们要多合作。"

"陈会长过奖了，茂名商会是小老弟，还需各界仁兄大力关照。"江广明谦虚道。

电白的电城商会会长黎仲，是盐业大户，主要经营盐类。他的"利南"盐业行在信宜、高城、化县城、电白的水东等地都开设了盐店，从电城等地收购海盐倒卖到这些盐行，大获横利。"江会长是我们的大哥，我们过去属高州府管辖，现在商会也应该加强联系。"

化县商会会长也少不了来祝贺："江会长是商业翘楚，我们商界的精英，是我们的楷模，将来有用得着之处，定当效犬马之劳。"

信宜县商会会长敬酒美言："我们信宜向南下来就是高城，将来江会长可要大力给予方便。"

15 争夺

....

茂名县商会大会后,韦海彬父子同江广明结下了梁子。散会回到家,韦海彬气得一塌糊涂:"今天衰到底,被姓江的玩耍了一轮,还给他戴了一顶高帽,有口难言。"

"姓江的小子越来越滑头,看来以后我们要小心为好。"韦润庆说。

"我看他能威风多久,总会有机会报仇的。"韦海彬说。

我们飘荡的河流

16 / 橡胶

　　江广明当然不知道韦海彬父子打的小九九,他当选会长后,很有雄心想做一番事业,很快就同各地,特别是旧高州府属的各县商会加强了联络。高城地处高、雷各属县的地理中心,北可上信宜、广西,南下化县、吴川、遂溪,东出电白、两阳,西往钦廉,中枢地位本就明显。

　　他想到的第一件事,就是要筹建商会大厦。现商会的地方只是租用的一间小房屋,窄小局促,一个理事,平时驻会,还有一个秘书,窝在那狭窄的空间里,浑身不自在,踏进那里就感到不舒服,连一个像样的开会议事的地方都没有。

　　建设一座像样的大厦,钱从何而来呢?如果大家捐款,恐怕不行,这商户财力有限,大家凑不够这样的大数目,江广明新官上任,也不想增加大家的负担。唯一的途径就是通过自己的商号赚钱,再拿出来捐建商会大厦。

　　江广明经营着水路运输,也有部分百货买卖和油桁产油,

16 橡胶

这些都是日常的收入,维持家用要拿出一大笔资金来,唯有另辟蹊径,再想法子。

江广明想到了种植橡胶树。

"橡胶树?"当一众人听了江广明的想法后,无不感到不解和疑惑。要知道,当时人们几乎是连听都还未听说过这橡胶树的。

"明哥,这橡胶树是什么东西?我们都还没听说过这种树。"林崇业说。

"是啊,明哥,生意是隔行如隔山,做熟不做生的呀。"江家贵说。

"橡胶树是做什么的,老实说,我也讲不清,但我知道这东西能卖钱,怎么个卖法,还请季廉兄弟给我们讲解。"江广明说。

大家把头转向李季廉,望着他。

李季廉缓缓地说:"橡胶树是一种生长在热带的树,在南洋一带广泛种植,我在大马时,曾参加栽种。树木成长快,两三年就可长得较高。这种树能卖钱,不是靠它的木材,也不是果子,而是靠它的乳胶汁。大家知道,欧美生产汽车等需要橡胶做轮胎,穿的胶鞋等都要用到橡胶,用途非常广泛,是一种稀缺资源。"

"老李,你说得这么好,也卖得上大价钱。但我们这地方的水土不知是否适合种植?"林崇业问。

我们飘荡的河流

李季廉说:"老林说的这个,就是首先的风险,是否适合种植,就是要试,这试验就是风险,就要成本。橡胶树是高温树种,在南洋一带生长,到我们这里,可否种植,还是个未知数,毕竟我们此地相对南洋地区,低温了好多。当然,种植成功,还要割胶、制胶,工序很多。"

江广明说:"做生意肯定就有风险,不冒险何来财富。我们要下决心做,而且我相信能做成。"

于是,众人决定入股出资种植生产橡胶,收益的五成作为商会建设资金,五成归出资个人。先由商会班子中几人共同出资。大家拟定,会长江广明入股金两千大洋,其他副会长各一千元,林崇业、李季廉、陈瑞元三位副会长都答应出资,唯有韦海彬却说:"我对这项不熟,我不参与。"

李季廉说:"老韦,这是新兴产业,有得做。还是参与进来吧。"

但韦海彬弃意已决:"我不参与。"

江广明见状,赶紧打破僵局:"我看老韦如果现在手头有点紧,暂时不方便入股的话,也不勉强。什么时候想入,我们随时随地都欢迎。"

江广明说干就干,他先想到利用蟾坝村屋后的青峰山来种植。青峰山连绵十多公里,方圆几座大山,开发出来也有几千亩,又是江、林两姓族人的祖山,利用它来种植是再好不过了。他派江家族长江满生出面,召集族中长老开会,大

16　橡胶

家都觉得这是好事。江广明表态,把赚得的利益他所占的份额全部分给村民,村民的积极性很高,踊跃参加。短短半年多时间,就把周围的几座山头用栅栏围起来,烧光岭上的杂草,肥沃的山岭泥土裸露出来。然后,开垦出一条条三尺多宽的环山带或小平台。放眼望去,层层叠叠的树带布满山坡、冈峦,蔚为壮观。在带状的平地上挖掘树穴,再把一簸箕一簸箕的有机肥倒到树穴里。

"老李,这橡胶树能长多大呢?我们心中没有个谱。不知这间距要多长?"江广明问。

李季廉说:"一般都有碗口般粗,我也见过大腿般粗的。"

"那我们就按十五尺一株来栽种。"江广明说。

他们抓住秋冬的闲时进行挖穴积肥。

劳作下来,这片大地发生了大变化,当周围村庄的人还在议论纷纷,好像还没有反应过来之时,时间已到了春天,从南洋订购的橡胶小苗也到了,这些小苗被小心地栽种到那些挖好的树穴里。春雨过后,那些经过秋冬暴晒的山地,养分充足,还有杂草烧成的有机肥,使这些树苗茁壮成长。不到一年,漫山遍野就被这绿色覆盖了。

"成功了,我们的树苗长起来了。"江家贵这句话,既是报告好消息,也说出大家的心声。

确实,这非常不容易,从怀疑,到坚定信心去做,大家

我们飘荡的河流

当初心里都没底,能不能成活树苗,这是第一步,现在第一步成功了,这就鼓舞着大家,大家的喜悦之情不言而喻。

希望召唤着他们。

17 烈火

革命如火如荼地展开,就像一团熊熊烈火在神州大地燃烧起来。

江宇飞赴法留学后,加入了旅欧共产主义支部,成为一名共产党员。

在广州读书的朱也赤、邵贞昌、杨绍栋等高雷籍进步学生积极投入广州的工人罢工运动、学生运动,参加宣传队、学生队、救护队等革命斗争,纷纷向党组织靠拢,他们有的加入了党组织,有的加入了共产主义青年团后转为共产党员。

1923年6月12日至20日,中国共产党第三次全国代表大会在广州恤孤院后街31号召开。这是在广州召开的全国代表大会,大会统一了党内关于国共合作问题的认识,有力地推动了国共合作的实现。

大会的精神也在进步青年中传开了,他们有兴奋,也有不解。

我们飘荡的河流

朱也赤问:"我们党既然是独立的革命党,为何要同国民党实行合作呢?"

"对呀,学增,你是老党员,给我们讲讲。"杨绍栋也不明白地追问。

"三次党代会,我只是广东区委安排的旁听员,对党的政策认识也是逐步理解的,我们党的纪律就是作为党员个人要严格执行党组织的决定。现在党组织决定同国民党合作,我们就坚决执行。"黄学增说。

黄学增接着说:"我们党从成立的第一天起就是独立的革命政党,党的一大通过的决议就很明确。但是,我们为了革命目标的实现也从不排除同其他革命党派的合作。这几年,孙中山先生领导的国民党在南方有一定的影响和势力,并进行着反对北洋军阀政府的革命斗争。国民党是一个多阶级联盟的革命政党,在南方有着广泛的政治基础,我们共产党应与其联合,共同进行斗争。党的二大专门对此问题进行了讨论,通过了《关于'民主的联合战线'的议决案》,决定与全国各革命党派实行党外联合。我们党在杭州西湖特别会议上,专门讨论与国民党合作的方式问题。会议虽然决定在孙中山改组国民党的条件下,中共党员以个人名义加入国民党,但大多数同志对这种做法仍存疑虑,因此国共合作问题实际上没有解决。经过京汉铁路工人大罢工失败的教训后,我们党从实践中认识到建立革命统一战线的重要性,共产国际对

108

17 烈火

实行党内合作的形式也做了充分肯定。党的三大所确定的建立国共合作革命统一战线的策略,实现我们党同国民党的合作,必将使我们共产党活动的政治舞台迅速扩大,可以预见,一个波澜壮阔的革命时代就要到来了。"

梁超群说:"假如开会时有不同意见怎么办呢?"

黄学增说:"我们党是经过充分讨论后,才作出决定,这就是我们党的个人服从组织,少数服从多数,全党服从中央的组织纪律。我们作出决定前,允许大家发表意见。这次大会期间,与会代表也是充分发表意见的。在讨论中也发生了激烈的争论。"

"我们都在追随轰轰烈烈的中国革命的步伐。"邵贞昌说。

1924年1月20日,国民党第一次全国代表大会在广东大学礼堂召开,大会通过了孙中山先生的"联俄、联共、扶助农工"的三大政策,实现了对国民党的改组,正式建立了国共合作,轰轰烈烈的大革命时期到来了。

为让读者更好地了解当时的革命形势,这里略花一点笔墨做介绍。

国共合作建立后,广东成为全国国民革命的中心。广东共产党、青年团组织积极利用国共合作的有利条件,大力发展工农革命运动,迅速开创了国民革命新局面。

在广州创办了农民运动讲习所,毛泽东、彭湃、阮啸仙

我们飘荡的河流

等都曾任农讲所主任或所长。毛泽东讲授《中国社会各阶级的分析》《中国农民问题》等课程。农讲所培养了一大批农民运动干部。1925年5月,广东省第一次农民代表大会在广州召开,选举产生了省农民协会执行委员会。中共广东区委通过农运特派员的形式把大批共产党员、共青团员派往各地。

领导沙面罢工取得胜利。1925年5月,上海法租界巡捕直接枪杀工人,发生"五卅"惨案。6月30日,中共广东区委组织举行支援上海工人的省港大罢工,推动广东工人运动不断高涨。1926年5月,第三次全国劳动大会在广州召开。

青年运动、学生运动、妇女运动、国民会议运动也蓬勃开展。孙中山先生加紧创办黄埔军校,训练新型军队,大批青年从全国各地来到黄埔军校。

旅欧的共产党员纷纷从国外回来,周恩来于1924年9月从法国回到了广州,担任黄埔军校政治部主任。黄平民、江宇飞等也从国外回来,投入伟大的国民革命运动。

孙中山领导的国民政府进行统一军政、民政、财政各项工作整治,为打倒军阀、统一广东从各个方面给予各种形式的动员准备。革命军平定广州商团叛乱、举行两次东征胜利后,盘踞在南路、琼崖的邓本殷继续负隅顽抗。邓本殷是北洋军阀段祺瑞有意在广东安插的一颗钉子,他们沆瀣一气,从广东东西两面构成对国民政府的严重威胁。省港大罢工爆发后,当全省各口岸对香港实行禁运封锁之时,东部的陈炯

17 烈火

明和西部的邓本殷却从汕头、海南启运粮食肉类和其他物资接济香港，强迫工人赴港复工，对罢工造成严重危害，广大人民群众从捍卫工农运动及本身利益出发，极力支持讨伐邓本殷。

国民革命军举行第二次东征时，被北洋军阀委任为高、雷、罗、阳、廉、钦、琼、崖八属督办的邓本殷于1925年10月中旬从雷州、高州、阳江向四邑进犯，以策应东部陈炯明军。国民政府遂令驻守江门的第四军第十师师长陈铭枢率部给予坚决阻击，任命第三军军长朱培德为南征军总指挥。11月上旬，南征军迅速占领阳江和阳春。是时，邓本殷镇守高州，企图率军前来救两阳。但广西军俞作柏也从陆川入粤进逼化县、高州和茂名，邓本殷唯恐退路被切断，仓皇从水东乘船退回雷州。南征军势如破竹，连续攻占电白、水东、梅菉，一举攻克高州、化县。接着，陈铭枢、俞作柏两部互相配合，先后打败据守茂名县的白沙、公馆等地的敌军，于30日占领廉州，12月7日占领钦州，南路各地基本肃清。

南征军从两阳进攻高雷时，第四军军长李济深奉命从东江调回两师，加入南路作战，国民政府改任李济深为南征军总指挥。1926年1月，第四军强渡琼州海峡，进攻海南岛，邓本殷势穷力蹙，无法抵御，只好带少数随员，漂舟海上，逃往安南（越南）。2月中旬肃清全岛。

东征、南征的胜利，彻底击溃了陈炯明、邓本殷的地方

我们飘荡的河流

割据力量，从而使从 1917 年护法运动以来就被称为革命根据地而未能实现统一的广东终于实现了统一。国民政府在短时间内完成多年未能完成的全省统一大业，充分表明经过革命思想陶冶和得到人民支援的国民军队的锐不可当的战斗力。

南征开始之前，中共广东区委预先派出黄学增等一批共产党员和青年团员潜赴南路，做发动群众的工作。大军出发之际，中共广东区委又动员组织了一批党员、团员随军出发，会同先期在高雷一带活动的黄学增等开展农民运动。后来，陆续派出的特派员有二十多人。广东省农民协会南路办事处先设在梅菉，不久即迁到高州，辖高雷、两阳、钦廉等地十五个县，黄学增任主任。南路这个地区长期处在军阀邓本殷的统治之下，农民所受的政治经济压迫十分沉重。在南路办事处的组织领导下，吴川农民举行示威请愿，要求取消"三捐"（蒜头捐、蒜串捐、壳灰捐），掀起反苛捐杂税的运动，取得了胜利。各县农民开展肃清土匪、解散民团、取消地主苛例和高利贷、反对火油专卖、反对垄断盐价等斗争，推动了南路农民运动的发展。

1926 年 7 月，国民革命军正式出师北伐。

18 激荡

高城中山路江广明的家里。这天,江广明刚回到家里,把大衣挂在厅里的衣挂上,然后坐在沙发上一言不发。周全英觉得有点不对劲,平时再苦再累,他都是有说有笑的,就迎上来问:"明哥,你可有什么烦心事?"

江广明叹道:"也没有什么大不了的事,只是这世道天天在打仗,今天走了一拨人,明天又开来一队军马,搞不清是什么来头。唉,世道维艰呀!"

周全英劝道:"这世道的事,也不是咱老百姓所能管的,你就放宽心吧。"

江广明说:"我也知道这道理,但这世道不太平,对我们老百姓过日子倒是很有影响。你看,我们这生意不也很受干扰了吗?"

"这倒是。"周全英说。

"宇跃这段时间要上心点。他们到哪儿了呢?"江广

我们飘荡的河流

明问。

"他们一家三口出街了。振人嚷嚷着,他们就带他出去了。"周全英说。她口中的振人就是江宇跃同林晓理的儿子江振人,已经五岁多了。

"叫他们别到处乱跑,晓理现在又有身孕,还是多注意安全。"江广明说。

他们两个正谈论着,江宇跃、林晓理同他们的儿子江振人回来了。

"阿爷,阿爷,我要阿爷抱!"江振人一看到江广明,就跑过来要抱。

"阿爸回来啦。"林晓理同江广明打过招呼,问候说。她嫁入江家后,成为江家的好帮手,为人母亲后,这几年越发成熟妩媚了。

"阿跃,你们这段时间都要当心,现在外面传说很多,沸沸扬扬的。"江广明对江宇跃他们说。

江宇跃坐了下来,同其父亲进行交谈:"现在是军人当道,这次国民革命军打过来,'邓大头'(邓本殷)是要彻底完蛋了,听说这次是李济深的几支队伍,要一鼓作气收复高雷等八属地区。"

"'邓大头'这几年苛捐杂税多如牛毛,大肆搜刮民脂民膏,很不得人心,倒台是必然的。"江广明说。

他们的话题又转到生意上。

18 激荡

"阿爸,你上次说,我们祥兴想同群利合作开办航运的事,他们要价很高,我看那个陈华章是个老滑头,没多少诚意。"江宇跃说。

"陈华章经营这鉴江几百里航道几十年,基本是垄断行业,皇帝女不愁嫁,自然不想别人同他分杯羹,他上次台面上说的那些话,只不过是面子上的表态敷衍话罢了。"江广明说。

"我们自己也可以经营船运,我们的药材、花生油、茶油、木材等的运输量很大,自己经营运输,节约了成本,平时也可运客,一举两得。"江宇跃说。

"这是很好的主意,有得想,同你岳父合计一下,筹划筹划,我们江、林两家联手,搞个航运的公司经营,是有赚头。我就不信,他陈华章能独霸这条江不成。"江广明说。

他们正谈论着,江宇翔走了进来。她现在高城中学读书,刚下课,一进来就嚷嚷:"现在到处都乱糟糟,学校都无心上课了。"

"小妹,这阵子很乱,你下课就要回到家里来。"江宇跃说。

江广明也说:"你不要到处抛头露面,你都是订了婚的人了。"

"订婚又怎么啦,我又还没有嫁给他。"江宇翔说。她同杨刚智、林晓道、陆彪等都在高城中学读书,她同她的未婚夫是朝见晚见的，也很谈得来。

"现在都是不知怎解。"江广明叹道。

"冯校长说了，邓本殷败退已是早晚之间的事，我们学校组织学生准备近期上街游行，迎接国民革命军进城。"江宇翔说。

"前些日子，'邓大头'的军队进攻四邑，被国民革命军在开平、水口一带阻击，吃了败仗，现在是龟缩在高城、水东这里，这几天在观山加紧修筑工事、碉堡，负隅顽抗。"江宇跃说。

"你们冯校长真的这么说？"江广明问道。

"我们学校都在排练呢。"江宇翔回答。

"冯先生倒很热衷这些。"江宇跃说。

"现在形势还不是很明朗。"江广明说。

局势却是很快明朗起来，国民革命军南征军不久就克复了高州城，1925年11月20日，举行了隆重的入城仪式。

高州城人山人海，街道两旁站满了市民群众。国民革命军步伐整齐有序，挎着步枪，唱着整齐的军歌。

江宇翔、杨刚智、林晓道等一班高城中学的热血青年学生被吸引，前来驻足观看，也被这场面所震撼。

他们站立在街道旁，情绪高昂，也不由自主地高喊口号：

"欢迎，欢迎！"

"欢迎国民革命军！"

18 激荡

"打倒列强统治!"

突然,从队列中走出一位穿中山装的青年来同江宇翔打招呼:"小妹,你也出来啦!"

江宇翔还没反应过来,定眼一看,原来是大哥江宇飞。她惊喜道:"大哥,真的是你呀。你也参加国民革命军啦?"

"我这次是随军回来的。阿爸阿妈和你们都好吗?"江宇飞问。

"我们都好,你可要早点回来看我们。"江宇翔说。

"我会的。"江宇飞说完,就追赶他的队伍去了。

"你哥真英俊。"一旁的林晓道看着他远去的背影对江宇翔说。

杨刚智说:"大哥真的好潇洒,威风凛凛!"

"我将来也要参加革命军。"林晓道说。

"算了吧,陆家等着你做大少奶奶呢。"江宇翔揶揄说。

"呸!我才不嫁那个二流仔!"林晓道态度坚决地说。

我们飘荡的河流

19 / 燎原

江宇翔回家跟家人说见到了大哥。

"这憨仔回来也不预先写信讲一声。"江广明说。

"他就这样子,也不要怪他,他生生性性、平平安安就万幸了。"周全英说。

"我等下就到县政府接大哥回来吃饭。"江宇跃说。

"他随军回来,就肯定有公干,等他办完公务自然就回来了。"周全英说。

这次江宇飞回来,是随军接收革命政权,准备发动工农革命运动。

前面说过,国民革命军节节胜利,中共广东区委号召共产党、共青团员离校参加实际工作,奔赴各地,发动群众,开展革命运动。黄学增等先期回到南路后,在广州读书的一批高雷地区的党团员朱也赤、江宇飞、黄平民、杨绍栋、邵贞昌、卢宝炫、朱光震、梁本荣、罗克明、陈信材等都陆续

19 燎原

回到南路。中共各县党组织也陆续成立，朱也赤任茂名县支部书记，邵贞昌任电白县支部书记，卢宝炫任化县支部书记，罗克明任信宜县委书记，陈信材任吴川县支部书记……

江宇飞几年间，先到了法国，加入共产党旅欧支部，后又到莫斯科中山大学，回国后入黄埔军校工作，这次随军回来南路。

江广明没有想到，他儿子这帮人回来，在鉴江流域掀起了摧枯拉朽的怒涛。

当晚，县政府设宴欢迎。席间，陆运程举杯把盏，慷慨陈词："你们这些青年才俊，知识丰富，阅历甚广，学有所成，回到家乡，服务乡梓，南路有幸，黎民有福呀。鄙人在此乡野多年，建树无多，惭愧，惭愧呀！还望几位今后多多指教！"

黄学增说："陆县长过奖了，现在是国共合作时期，国民党一大，中山先生提出'联俄、联共、扶助农工'三大政策，各地都要成立国民党部，这是适应革命形势发展需要，希望陆县长配合。"

"一定，一定，党国一家。"陆运程忙不迭地说。

朱也赤说："我们要在茂名建立革命事业。"

"鉴江的革命洪流就要掀起来了。"江宇飞说。

一连忙了几天，等手头事情松了些时候，江宇飞回到家里。他刚进门，正好碰到林晓理带着她的儿子江振人出门。

几年不见,她觉得江宇飞更加成熟,面庞又多了几分英气。

"大哥回来了。"

"哟,回来了。"他乍见到她,也觉得她妩媚姣美了。从逃婚进入土匪窝,被赎出来后,他们见面,后来他到广州,又辗转海外,一转眼数年过去,心里总觉得有愧于她。他转向小侄子,说:"小侄子都这么大了。"

她回答:"五岁了,你都好多年没有回来了。快进去吧,阿爸阿妈他们都在。"林晓理说。

江宇飞同他父母、江宇跃见过面,打了招呼。他专门走到后面院子里,找到江家贵,他要赶快走过来看他的贵叔。江家贵看到他回来,也是非常高兴,他们两个都藏匿着那个秘密,几年前的那个漆黑之夜,是他放了自己出去,这是无法用言语表达的感激之情。

"贵叔,你老多了。"

"我老了,看着你们长大,有出息,我高兴。"江家贵不停说着。

江宇飞回到客厅同父母、弟弟聊天。

"听说你这次回来是想找点事做?"江广明问道。

"我是想做点事。"江宇飞回答。

"你出外这么多年,又留过洋,肚子里有了墨水,回来了,要不就到高城中学教书。冯校长很欣赏你,几次问我你几时回来,他是有聘你的意思。"江广明说。

19 燎原

"我先在县政府里帮忙做点事。"江宇飞说。

"我哥是在政府任职的,听说在县党部,这党部同县衙哪个官更大?"江宇跃问道。

"这事一时半刻也跟你讲不清,以后你就慢慢明白了。"江宇飞说。

"这衙门的事复杂,飞儿能在县衙里做事,谋个一官半职,也是我们江家祖坟冒烟了。"周全英说。

"是啊,你在县里做事,对我们江家生意就是个依靠,这些年那个姓陆的敲诈勒索,每年要给他进贡不少,朝中有人好办事,你给我们撑腰,我们就不用怕姓陆的了。"江广明说。

而江宇飞他们要干的革命事业是前无古人的伟大事业,是推翻千年封建专制、解放全人类的亘古大业,哪里是他父亲想象的只为谋得一官半职、为自家生意撑一下腰那么简单的事呢?

千万年的鉴江已掀起惊涛骇浪,在这片流域大地激起澎湃不息的革命怒潮。

"现在我们的首要任务就是要把农民发动起来,组织农会。农民有了自己的组织,就等于有了依靠。"朱也赤坚定地说。在南路办事处,这些年轻的共产党员正在不停地忙碌、开会研究。

"这确实是我们当前的必要任务。"黄学增说。

"那就开始分头行动。"江宇飞说。

"茂名的情况,就要从高州城周边郊区开始,再向茂北、茂南发展,扩大战果。首先要突破的是安良堡乡。"朱也赤说。

他们深入乡间发动农民、长工、婢女,召开座谈会,做宣传,做演讲:"我们组织农会,就是组织农民自己的组织。我们农民几千年来,做牛做马,没有自己的土地,要推翻封建统治,实现耕者有其田。要没收地主的土地,分给农民,我们农民要做土地的主人。"朱也赤宣传说。

有个农民提问:"你说得那么好,我们怎么实现呢?"

"这位兄弟问得好。地主财主从来都不会把自己的土地交出来,我们广大农民兄弟就要团结进来,砸烂这不公平的世界,推翻封建统治,建立一个光明的世界,人人有田耕,有饭吃,到那时,没有压迫,没有剥削,建立一个平等的世界。"朱也赤说。

黄学增说:"现在到处都开展打倒土豪劣绅,分田地。粤东海陆丰地区,有一个彭湃,他出身封建地主家庭,参加革命后,回到家乡,烧掉自己的田契,把自己的土地分给农民。农民都愿意跟他一起闹革命。他在广州主办农民运动讲习所,我就听过他的课。今天也有一位革命同志,他是本地人江宇飞,他家非常富有,但他也毅然决然参加革命。"

江宇飞说:"我一直相信革命事业,我要做一个永远的

19　燎原

革命战士。"

通过这些宣传,他们在不断地扩大影响,越来越多的农民、市民理解了共产党组织。

安良堡乡位于高州城东北,鉴江河的一条支流漕江河从旁边缓缓流过,大地主梁富平利用靠近县城以及这里便利的河运码头,垄断木材等运输生意,强收强卖,囤积财富,勾结官绅,霸占农田,欺压百姓,无恶不作。他们恐吓村民,说"共产共妻,兔子的尾巴长不了""谁要和共产党搞在一起,不给田耕,不得入宗祠"。

不拿下安良堡乡,不打掉梁富平的威风,农民的信心就鼓动不起来,农会也就难组织起来。朱也赤他们决心突破,他们入村组织召开农民、长工、婢女等会议,历数地主的罪行,组织游行队伍,高呼口号:"打倒梁富平!""打倒土豪劣绅!""砸烂封建旧世界!"梁富平等大地主吓破了胆,他们龟缩在城堡,不敢出门,生怕觉醒起来的农民砸烂他的城堡、抢了他的财物,一时间,再不敢出面横行霸道、明目张胆地干涉农会组织。

突破安良堡乡,在整个茂名大地起到了很好的示范效应,茂北、茂西、茂南各地的农民协会纷纷成立。革命的火种在茂名大地迅速呈燎原之势,越烧越旺。

怎么才能使更多贫苦的百姓懂得革命的道理?首先应该使农民识字。他们决定创办一间属于农民自己的学校,名字

我们飘荡的*河流*

都想好了,就叫平民学校。

江宇飞来到高城中学校长冯宏图的家。他此行的目的是请他出面物色一些进步的老师和学生到平民学校授课。

"你们这段时间把茂名大地掀了个底朝天呀。"冯宏图说。

"这是革命的洪流,我们正好赶上这个时代。我想,我们每个人都应为这个时代做一点贡献。"江宇飞说。

"但是还是很有一股恶势力的。"冯宏图说。

"这就是我们的任务,把几千年来被封建制度压迫在社会底层的农民发动起来不容易。当务之急,是要让他们觉醒。要让他们觉醒,就要让他们识字。"江宇飞说。

"听说你们在办平民学校。"

"对,还想请你出山,为他们讲课。"

"这是一种责任,当然也需要共同努力。"

"再物色一些进步老师和学生。"

"高城中学确有不少进步的青年学生,他们向往革命,要正确引导他们。像我们学校的李雅度、车振伦就是很不错的,李雅度的哥哥李雅可是沙田学校的校长,受他影响,李雅度、车振伦都积极支持革命。"冯宏图介绍说。

不久,高城中学李雅度、车振伦等都热情来校执教,还有清末秀才梁泽庵也投身革命队伍。

有一天,江宇飞回家吃饭,席间,江宇翔问:"大哥,

19 燎原

你们开设了平民学校,我也想去当教师。"

"小妹能有这样的想法最好,你在学校读书,只是读了书本知识,要到社会的实际中去,接触社会才能锻炼成长。"江宇飞说。

"你一个女孩子,不要到处抛头露面,况且你还跟人家杨家定了亲。"江广明说。

"阿爸,小妹也不是小孩子了,让她多了解社会,那是应该的。女子也和男人一样平等,将来一样要建设新社会,你不要抱着封建的死脑筋。"江宇飞说。

"我也同意小妹去那里当教师,有大哥在那里照应也不怕。"江宇跃也说。

"我那里只是个义务教育的平民学校,没有薪水,纯粹是社会工作。"江宇飞说。

"不如,我叫杨刚智和我一起吧。"江宇翔说。

"你那个未婚夫吧,还没有结婚,就成双入对啦。"江宇飞故意调侃一下,然后话锋一转,"杨师傅那个小孩确实不错,那天我看了一眼,五大三粗,身体很壮实,在这乡间可惜了,不如去报考黄埔军校,国民政府即将北伐,要打到全国去,现在革命队伍里,很需要军事人才。"

"阿飞,你这办学是好事,但你办学不收学费,老师不发薪酬,收的学生都是穷苦人,你这学校能维持吗?"周全英问道。

我们飘荡的 河流

"你妈说得对。我看你现在是不务正业,你不在政府好好做事,成天搞这搞那,今天发动成立农会,明天办平民学校。社会上有许多人在议论你们,说穷鬼办学,是兔子的尾巴长不了。"江广明说。

"我们现在成立农会、办学校,就是我们党部和政府要做的事,我们办学现在要通过庵堂、族产祖田田租来维持,将来人民当家做主,田地都是公家的,全社会都是这样的学校,这是前无古人的伟大事业。阿爸,我希望你们商会也出钱扶持我们。"江宇飞说。

"商会的钱都是会费,我个人说了也不算。"江广明说。

"我们必须把反动旧势力的气焰打下去,地主老财们反对田租办学,我们就要发动农民抢收稻谷,支持我们自己的学校。"江宇飞斩钉截铁地说。

20 怒涛

江宇翔回到学校,跟林晓道说起去平民学校当教师的事:"我今天同大哥说要到他学校做义务老师。"

"真的,太好了,我也同你一起去。"林晓道说。

"你们要去大哥的平民学校,我也去。"杨刚智说。

"你要求去,我还没有问过大哥呢!"江宇翔故意说。

"大哥肯定同意,你去,我不去,家人也不放心呀,我可是你的护花使者。"杨刚智说。

"看在你的诚意上,准许你同往。但是大哥说了,你五大三粗,这样壮实的身材,在这学校里,委屈了。"江宇翔调皮说。

"大哥真的这么说?"杨刚智问。

"我骗你是小狗。不过大哥可不是说你才能大,而是说你更适合做另一样工。"

"另一样什么工?"

我们飘荡的河流

"叫你去当兵。"

"当兵?"

"对。就是叫你去报考黄埔军校,参加国民革命军。"

"你赞成我去吗?"

"当然赞成呀,越快越好,省得你在我身边多管闲事。"江宇翔半是撒娇地说。

南皋学舍,这是高州城的私塾旧地,高州平民学校就设在这里。因为农民白天要劳动耕作,他们只能晚上来上课。

江宇翔三人到达后,江宇飞正在上课,因为人多,房间窄小,走廊里坐满了人。

黑板上写着"打倒土豪,打倒军阀"这几个字。刚才江宇飞正教他们认字,现在是在讲发展农会的道理:

"我们农民是这个世界的主人,大家不要小看自己,在这个社会,农民占绝大多数,地主、土豪劣绅只是一小撮,只要我们团结起来,什么事情都可以办得到。大家知道,房屋是我们盖的,布是我们织的,粮食是我们种的,我们是天下的主人。我们什么都可以创造出来,为什么不能掌握自己的命运呢?原因是我们没有权力,没有代表我们农民利益的政权,只要我们组织起来,建立农会,就可以治理国家大事,就会拥有属于自己的田地,就不会受压迫剥削,就能打破旧世界,建立新世界,使我们真正成为这个世界的主人。"讲完后,他在下课前,又教大家唱《农会歌》:

20 怒涛

"中国农民,要团结,你要快起来!我有农民,我有力量。打倒列强,打倒军阀,打倒贪官,打倒污吏,打倒大地主。加入农会,自有利益永无穷!"

"你们都来啦!"下课后,江宇飞看到自己的小妹等人。

林晓道抢着说:"大哥,你讲得太好了,太有感染力了。我们听了都很受鼓舞。"

"只要投入这火热的革命活动中去,你就会被感染、被融化。"江宇飞说。

一个晚上,黄学增、朱也赤、江宇飞、梁泽庵等人在南皋学舍开会,研究当前对敌斗争。朱也赤从广州参加完省农代会回来,他传达了省农代会精神,并豪情满怀地说:

"省农代会通过了农会章程及建立农民自卫军、取消地主民团、打倒贪官污吏和土豪劣绅、建立工农联盟等一系列决议,我们茂名县要取得革命的最后胜利,不仅要用革命的理论唤醒广大民众的觉悟,获得民众的支持,不断壮大革命的队伍,更重要的还是要建立革命的武装队伍才能夺得革命的胜利和捍卫革命的成果。"

"也赤同志的意见很对,没有武装力量,我们的成果就无法保障。最近发生高要岭村惨案,广宁、德庆、高要三县的地主民团黑社会组织五千多人打死农会会员一百多人,这是惨绝人寰的血的教训。"黄学增说。

"现在许多农民的积极性被充分调动起来了,千年来农民

我们飘荡的河流

终于可以在自己的土地上自豪地耕作、播种、收获。"梁泽庵说。作为一个清末秀才,他家境殷实,但富有同情心,毅然参加革命队伍。

"我们不能人为刀俎、我为鱼肉,任人宰割,我们要武装起来。"江宇飞说。

"这是当前刻不容缓的事。要建立农民自卫队,就要组织农民进行训练,我们可以挑选一些素质高、身体好、头脑灵活的青年,先进行训练,培养骨干力量。"朱也赤说。

"这事就由宇飞组织,我看可以在观山设点,依托虎威武馆,就叫杨师傅做教官。"黄学增说。

"杨师傅是很有正义感和同情心的人,他应该很支持我们办自卫队。"江宇飞说。

江宇飞和朱也赤到观山虎威武馆找杨英豪。他们开宗明义地说明来意。

杨英豪也豪爽应承:"你们这几个年轻人,都前途无量,很有学问,虽然我不懂你们所说的革命事业,但你们想到我,就是看得起我,用得着我这武夫,我就当仁不让,在所不辞。能教更多的人强身健体,本身就是好事。"

江宇飞临走时,对杨英豪说:"杨师傅,我看刚智身材很棒,不如就让他到广州报考黄埔军校,学习军事,现在国民革命军北伐,很需要军事人才。我写封介绍信。"

"那就劳烦你了。"

20　怒涛

江宇飞就积极组织人员进行训练,一大批青年学生、农民积极分子,包括李雅度、车振伦和杨英豪的得意门徒方民杰等都成为农民自卫队的骨干力量。

杨刚智听从了江宇飞的建议,到广州报考黄埔军校,顺利进校学习;毕业后,随即被编入国民革命军第四军,参加了北伐战争。

同革命形势不断高涨一样,江广明的橡胶树长势喜人,连绵的青峰山冈,一片郁郁葱葱,像一排排威武挺拔的士兵。

江广明雇用了二十多个农民,每天除草施肥,把周围的杂草除掉,用火烧成木灰,沤作有机肥,埋在树木周围,增添土壤养分。这些橡胶树长势很好,生长得挺快。

当许多农民在忙于抢割抢收时,江广明却一心沉醉在他的橡胶林中,仿佛这狂风暴雨的革命浪潮同他一点关系都没有一样。

"阿爸,现在世道动荡,到处战事不断,那些胶林就让雇的人去施肥就行,你不用经常到现场,不安全。"林晓理跟他说。

周全英也劝说:"你不要逞能了。让他们打理多点,你指点一下就行了。"

"我就是放心不下。"江广明说。

在革命进行得如火如荼的同时,反动势力却恨之入骨、咬牙切齿,开始磨刀霍霍,杀向革命人士。

我们飘荡的河流

这天,国民党县长陆运程办公室里围集了安良堡乡大地主梁富平、茂南公馆乡长朱仲荣以及韦海彬父子等一帮土豪劣绅,他们纷纷向陆运程告状。

"现在这帮穷鬼都无法无天了,他们办学校、拉武装,再这样下去,将国之不国、家之不家呀。"梁富平说。

"他们是上无皇法,目无祖宗,连宗祠尝田都要抢去。"朱仲荣叹气道。

"听说这帮穷鬼最近还要搞抢收。县长,你再不出面,我们都无法待下去了。"韦润庆说。

"对呀,陆县长,你可得给我们做主,这样下去,我们都无法做生意了。我们这小本生意经不起折腾。这江家大小子回来,搞得茂名整个县都不得安宁。听说,他还动员他老子要叫商会捐款支持平民学校。"韦海彬说。

"这几个党棍现在是在搞搞震,搞得鸡犬不宁,再这样下去,真是无法无天,我看,一定要邱团长出兵来弹压。"陆运程说。

21 风雷

黄学增、朱也赤、梁本荣、江宇飞、梁泽庵一班人在研究抢收稻谷和举行示威游行的计划。

现在形势逼人,地主劣绅开始向农会反扑,要确保平民学校能办下去,必须组织农民,赶在地主之前下手,开始抢收。

"我们约定在这个星期六夜晚行动,茂北、茂西、茂南各乡农民协会一齐起来,组织几千农民,连夜抢收。自卫队进行保护。"朱也赤说。

"分两头行动,当晚农民开始抢收,第二天是星期天,组织市民、学生上街示威游行。"江宇飞补充说。

"学生热情高涨,广泛发动茂名师范、高城中学等校师生参与,特别要动员学生中的积极分子、中坚力量,像李雅度、江宇翔、林晓道等,发挥带头作用。"黄学增说。

他们研究了具体的行进路线。

我们飘荡的 河流

当天凌晨,茂北农民协会组织的两千多人的农民队伍,在农民自卫队的护卫下,浩浩荡荡地开向安良堡。农民们挥舞镰刀,三下五除二就收割完一大片田垌土地的稻谷。当太阳升起时,地主老财们看到的只有一片光秃秃的田垌了,他们只能哭爹喊娘。

茂西、茂南等二十多个乡的几千名农民也参与了稻谷抢收。

地主恶绅等反动势力还未从噩梦中惊醒过来,一大早,高州城的游行就迅速展开。队伍从潘州公园出发,在圣殿坡集结。

游行队伍的斗争矛头直接指向高城人人痛恨的大利公司。

江宇飞在会上发表慷慨激昂的演讲:

"杨芙生大利公司,大桶进小桶出,在大粪中混杂泥沙,欺诈百姓,坑害农民,私设公堂,拷打群众,大利公司不是大粪公司吗?把大粪公司开在街里,臭气熏天,苍蝇满天飞,人民痛恨至极,我们今天就要捣毁它。"

游行队伍浩浩荡荡往中山路行进,经过县政府门前,再往西门楼,出南关街。游行队伍一路行进,一边高呼:

"打倒贪官污吏!"

"打倒土豪劣绅!"

"打倒杨老虎!"

"铲除大粪公司!"

21 风雷

"一切权利归农会!"

"保护农会!"

冯宏图校长领着师生和李雅度、江宇翔、林晓道等走在游行的行列中。

游行队伍冲进公司大门,捣毁大门,砸烂粪缸、粪桶,广大市民无不拍手称快。

革命的燎原烈火在茂名大地熊熊燃烧,却也吓坏了国民党反动派,使他们惊慌失措、忐忑不安。

其时,整个局面正呈现山雨欲来风满楼的态势。孙中山先生逝世后,国民党右派分子背叛孙中山先生的革命主张,恣意向革命势力进攻,1926年3月20日,蒋介石在广州制造了震惊中外的"中山舰事件",不久,在国民党的二届二中全会上,又抛出了旨在破坏国共合作,排挤、打击共产党的《整理党务案》。风起云涌的南路革命斗争也使国民党反动派惊慌不已,国民党广东省党部派出林云陔巡视南路。

这天,在国民党县长陆运程办公室,围集着国民党茂名县高州警备司令部驻军团长邱兆光、公馆乡长朱仲荣及他的小舅子杨芙生等一班土豪劣绅,他们正密谋向革命运动反扑。

"林监委要来南路巡视,这帮共党的好日子到头了。"朱仲荣说。

"朱也赤他们组织学生游行,你们也要组织一些人来游行,让林监委也看到我们的反击。"陆运程说。

我们飘荡的河流

"黄学增、朱也赤、江宇飞这一帮党棍,披着国民党的外衣,是混进我党的赤匪,目无尊长,扰乱纲常,早应该清除出党。你看他们策动暴民抢夺财产,抢收稻谷,是土匪式的打砸抢行为。"杨芙生愤愤不平。

于是,这帮土豪劣绅纠集了一些地痞流氓和不明身份的群众数百人到南皋学舍进行示威,喊出"打倒黄学增!""打倒朱也赤!""清除异党!"等口号。

是夜,林云陔在县政府主持会议,他说:"现在我们的党内部出现了严重的异端,要保持高度警惕性,不要相信一切煽动性的宣传,像黄学增、朱也赤等一干挂羊头卖狗肉混进党国队伍的共党分子必须坚决清理出去。现在已变得国之不国,人民不得安宁,再不采取铁腕手段,局面就不可控制。北伐战争胜利了,蒋司令在南京建立了国民政府,对共党分子要采取铁的手腕。国民政府已发来清党的密令。"

第二天,茂名县城乡各地贴出"高雷清党委员会"的布告,将黄学增、朱也赤等共产党员开除出国民党,悬红通缉二百零八名共产党员和农运干部,开除江宇翔、林晓道等三十多人的学籍。

国民党反动政府派出人员清乡,到处抓捕人民。高凉大地笼罩在一片血雨腥风之中。

22 / 暴动

傍晚,鉴江边,疾风吹动,树木哗哗作响,一场暴风雨就要来临。

朱也赤、江宇飞等送黄学增上船。鉴于革命形势,中共广东省委调黄学增到高要、广宁工作。

"我们开辟的革命事业一定会继续下去的,胜利的曙光一定属于我们。"黄学增坚定地说,紧紧握住战友的手。谁也没有想到,这就是他们的最后诀别。黄学增后来转赴海南岛工作,因叛徒出卖,在海南岛光荣牺牲。

受党组织委派,江宇飞前往广州汇报工作,他们把国民党反动派血腥镇压革命运动的情况做了详细汇报。

"轰轰烈烈的革命运动刚刚蓬勃发展,就被反动派镇压了,革命被迫转入低潮,我党活动转入了地下,许多优秀的党员被杀了,也有一些革命动机不纯者、意志不坚定者,或者退缩逃跑了,或者'自新'变节,甚至叛变了。"江宇飞

我们飘荡的河流

沉痛地说。

中共广东省委委员兼农民运动委员会书记阮啸仙同志听了他们详细的汇报,说:"革命的道路不是一帆风顺的,你们点燃的革命火种不会熄灭,一定会越烧越旺。在革命的浪潮中,几个落伍者不足为奇,大浪淘沙,留下的都是骨干和精英。我们自己要树立必胜的信念。"阮啸仙同志停顿一下,又坚定地说,"我们党要领导革命取得胜利,就必须掌握工农武装,拥有革命的武装力量,必须拿起枪杆子。朱德、周恩来、陈毅等同志领导发起南昌起义,一路转战。毛泽东同志领导发动湘赣边秋收起义。党在汉口召开了紧急会议,中央确定了土地革命和武装反对国民党以及建立农村革命政权的总方针,这是当前我们的最主要任务。党中央已派张太雷同志到南方局工作,担任广东省委书记。在新的革命形势下,南路地区也要根据你们的实际,选择国民党反动派统治薄弱的地方,发动革命暴动,建立人民政权的根据地,回击国民党反动派的血腥镇压,推动南路革命斗争的不断高涨和发展。"

阮啸仙同志的一席话,使江宇飞一扫以前的阴霾,突觉心中亮堂起来。

在广州,江宇飞抽空去探访了他的舅舅。

两三年不见,周洪波已经长高了。她见到江宇飞自然满心欢喜,说:"飞哥哥,好久不见,你不来看我们,你都黑了许多。"

22 暴动

周立生也关切地问他:"最近乡下怎样?听说闹得乱哄哄的。"

江宇飞简单地把一些情况跟他说了。

"现在就是党争,蒋介石把中山先生的三民主义颠覆了。"周立生说。

"你们就说个没完。先叫宇飞吃饭吧。"刘美琪说。

江宇飞吃了一顿饭,又在舅舅家美美睡了一觉。第二天,他又风尘仆仆赶回了高城。

他们要在茂名大地策动一场暴动起义,以牙还牙,血债血偿,回击国民党反动派的血腥镇压。

他们选择了信宜怀乡。

"怀乡是最好的地方,那里是云开大山的腹地,山高林密,峰峦连绵,河溪交错,是个易守难攻之地。那里又是信宜北部的行政中心,区署所在地。那里的人民受苦最深,长期以来高租重税,盗贼猖獗,土匪为患,不少人卖身南洋做'猪仔',女子则被卖为奴婢。而且,信宜人民具有光荣的革命传统,富有敢于反抗、勇于斗争的精神,早在清末,就发生了太平天国的凌十八起义,怀乡具有建立革命根据地的有利条件。在那里发动起义,建立苏维埃政权,必定能吸引广大人民向往,为革命事业开辟广阔的前景。"朱也赤说。

"我们还可以发动一些帮会、贫苦人民参加。"江宇飞说。

"我听说,雷风寨三当家牛筋就是那里的人,最近因为同二当家马化开发生矛盾,带了一拨兄弟出来。他是穷苦人出身,我们可以发动他参加革命队伍。"朱也赤说。

"我们要利用一切革命力量。"大家纷纷附和。

朱也赤同江宇飞深入怀乡一带开展发动群众工作。他们到了牛田锋家,同他进行了认真交谈。

朱也赤说:"现在革命已是燎原之势,当土匪是没有出路的,我们要推翻旧世界,建立一个新世界,人人有田耕,人人有饭食,那是一个人人向往的美好社会。"

江宇飞也推心置腹地跟他说理:"你是穷苦人,有力气,又勤劳,却是食不饱,穿不暖,最后只能落草为寇,在土匪窝里混,为什么?就是这不公平的社会造成的。我们共产党革命队伍,就是为人民的解放而斗争的队伍,就是为天下受苦人而奋斗的党,只有跟共产党走,才有出路,才是正途。"

经过一番苦口婆心的思想工作,牛田锋同意加入革命队伍,他拿出六十多支枪和所有弹药。他激动地说:"今天两位先生同我一席谈,真是使我豁然开朗,也使我知道了自己的价值。我牛筋一介粗人,你们不嫌弃,还要我加入你们的队伍,你们这样信任我,使我觉得我牛筋前半生都是白活了。我年龄虽然比两位大,但两位读书多,比我懂得革命道理,就像是我的大哥一样。我牛筋今生今世永远跟党走,生是党的人,死是党的鬼。"

他们认识到,要进行革命武装,必须有一支革命队伍。

22 暴动

他们广泛发动群众,使一大批青年骨干和追求进步的人士加入到革命行列中来。

1927年12月11日,中共广东省委书记张太雷和叶挺、叶剑英、恽代英、杨殷、周文雍、聂荣臻等,领导国民革命军第四军军官教导团和广州工人举行了广州起义,建立了广州苏维埃政府。

为配合广州起义,朱也赤、罗克明、陈业之、江宇飞等也加紧筹划发动怀乡起义。

月黑风高之夜,山村笼罩在死一般的寂静中,朱也赤、罗克明、陈业之、江宇飞等召开秘密会议,部署起义工作。

他们成立了起义指挥部,朱也赤任总指挥,设立了粮食、枪械、宣传、交通、文书等组。

12月15日凌晨,他们发动进攻,一举攻克怀乡区政府,成立了怀乡区苏维埃政府。

怀乡起义震撼了高雷大地,广大人民奔走相告。信宜、茂名两县的国民党反动派闻风丧胆、气急败坏,赶忙纠集反动武装进行反扑,仅仅四天后,怀乡区苏维埃革命队伍只能撤出战斗。反动分子的武装穷追猛打,一路围攻。起义队伍同他们进行殊死战斗,但力量悬殊,终因寡不敌众,被迫分散转移。

1928年3月23日,李雅可、李雅度、李淑明等领导发动了沙田暴动,也因力量悬殊,寡不敌众,最终失败。

我们飘荡的河流

23 / 祖田

江广明这段时间十分烦心。

江宇飞回来后,一直没有让他省心过。他组织农会、发动示威游行、创办平民学校、进行起义暴动,生死未卜,让人担惊受怕。小女儿江宇翔呢,也不让自己省心,她带头罢课、参加学生运动,现在却是停学在家。

今天一大早,族长二叔公江满生从老家蟾坝村赶来,跟江广明说,陆运程要在他买来的田上建房子了。

"这还了得,这不是破坏了我们江族的风水吗?"江家贵说。

"爸,这事可由不得他姓陆的。"江宇跃说。

"明哥,这分明就是欺负我们江族呀。我们要有所行动,我看,我们就组织村民到时前去围攻他,他胆敢建,我们也敢砸,就是要让他建不成。"江满生说。

"二叔公,你们所讲也在理,但从买卖来说,我同他是谁

23　祖田

也不欠谁的了。我们之间的买卖已讫,现在田已是陆运程的,他自然有权耕种,也可用来做大屋。"江广明说。

江家贵说:"明哥,这口气是万万吞不下去的呀。俗话说,是可忍,孰不可忍。我们江族在蟾坝村开基六百多年,现此地盘给他一个外姓的压着,占了我们的风水,将来我们江族如何立足?"

江满生也说:"明哥,这事,你不用出面,我们来搞掂。"

12月16日,这天是朱也赤、罗克明等领导怀乡起义的第二天,也正是陆运程在蟾坝村那二十亩水田建屋的黄道吉日。

辰时一刻,太阳已好高,冬日的太阳给这寒冷的日子带来一丝暖意。

陆运程好不高兴,这些年,他顺风顺水,沾了许多的好运气。他暗自得意:幸好当年果断出手,把这二十亩好田弄到手,这几年租给佃农耕种,租谷每年都有三十多石,确是好大一笔收入。关键是这位置好,风水极佳,当年他买来的时候就打定主意准备建房用的,他心底里无不窃喜自己的长远眼光。

今天是大喜的日子,他这个主人是一定要到场的。已经陆续有村民在围观,只见在平整的地基上,一个穿着白色裤子的老农正赶着彩红挂角的黄牛牯在基地上犁耙并撒豆谷,这是当地造屋行砖脚的一个风俗,叫作"戴彩坐富"。地中央上摆放着一张供台,台面上摆着茶酒、三牲、粉果,神工手持燃着的香烛,时而跪地,三叩九拜,嘴里念念有词:"禀报天地神灵,贵人到位,陆家在此起首,大吉大利,保佑顺风顺水。"请神朝拜毕。风水先生"跛佬陈"拿着罗盘,正在定方位。他少年时上山砍柴,从悬崖跌落,伤了腿,成了瘸子,干不了农活,便从师干起这风水营生。他一瘸一拐地来回,忙碌不停。

突然,围观的人群中不知是谁高喊起来:

"打倒贪官陆运程!"

"我们要耕种!"

"还我农田!"

"姓陆的滚出蟾坝村!"

高喊声此起彼伏。

陆运程突然醒悟过来,看着这围观的人群不知什么时候聚集了一百几十号人,有农民、有江家的佃户等。他正惊愕间,这一群人一窝蜂冲了上去,有的抢过"跛佬陈"的罗盘,砸烂在地;有的抢了泥水匠的瓦刀、铲子,扔到一边;有的把供桌掀翻在地。顷刻之间,这帮村民迅速撤离,跑得无影无踪,留下一片杯盘狼藉。

"跛佬陈"和请来做工的泥水匠哪见过这般阵势,早已吓得面如土色,退到一旁。这黄道吉日,却成为陆运程的恐怖日子。

23 祖田

"反了,反了!这帮穷鬼被赤化了。"陆运程回到他的别墅,想起今天这事,恨得一整天都在咬牙切齿。

"此仇一定要报。"他的儿子陆彪说。

"一定是江广明在背后捣的鬼,今天没见着他的影子,这是此地无银三百两,他以为自己不出面就脱了关系,哼!"陆运程跺着脚说。

"老江为人和善,我想应该不是他指使,可能是村里那些刁民所为。"宋美莲说。

"这江倔头不给他一点颜色看看,是不知道天高地厚了。他大儿子回来,把这南路地区搞得乌烟瘴气,前几天还在信宜怀乡搞了暴动,好在信宜、茂名两地军警联合出兵镇压,赤匪已仓皇逃窜。他的小女儿在学校到处煽风点火,搞游行,一家子是赤裸裸的共匪。"陆运程说。

在高州城中山路的江家,此时却也聚集了江满生、江家贵等一班人,他们还沉浸在胜利的喜悦之中,正兴高采烈。

江满生哈哈大笑:"明哥,你不在现场,没有看到,我们族人真是抱团,一个劲冲过去,就把它砸了,散了一地,杯盘狼藉。那个场面,过瘾,真过瘾!"

江宇跃也接着说:"人多力量大,姓陆的也没办法,最后只能是灰溜溜拾衫走人。"

"这回合看似我们赢了,实际我们闯了祸。大家想一想,姓陆的掌握着政府大权,随时可动用军队警察,这次我们预

我们飘荡的 河流

先做了准备,出其不意,下次就没那么好彩了。"林晓理说。

"这正是我担心的,这陆滑头很阴毒,什么毒辣的手段都用得出来,又握着枪杆子,我们是斗不过他的。"江广明说。

日子就这么在平静中慢腾腾地过去。1927年的冬天,高凉大地寒风呼啸,日子显得极为漫长。冬日寒冷,乡村更显得清冷。农活不多,农民都待在家里。离旧历年还有一个多月,城里的商号都在准备副食品等年货,各村各户都在准备过年了,洋溢着一派喜庆的气氛。蟾坝村江广明家也不例外。突然,一伙手持枪械的军警闯了进来。

江广明一行走出来,问道:"各位军哥,手持军械而来,不知有何贵干?"

来人头目喊道:"江宇跃、江家贵通匪,聚众暴乱,我们奉高州警备司令部邱团长的命令,前来逮捕。"

然后,他们上来把两人五花大绑带走了,留下周全英的哭声。

江广明喃喃地说:"要来的终究要来。"

林晓理忙安慰说:"阿爸,阿妈,别担心,宇跃他们会没事的,我们一定会迈过这个坎。"

同一天,江满生也在蟾坝村被逮捕。

24 腥风

这是一个令人忧心如焚的冬天。

江广明一直在为这几个被捕人的事奔走。

他先找来林崇业、杨英豪商量。

"都是姓陆的在作梗,要先同他会面,其次是现在就要做好筹款交赎金,活动一下把他们保释出来。"杨英豪说。

"这事我看要老林你出面才行,你现在同他是儿女亲家,他还是会给你几分面子的。"江广明说。

"这姓陆的确实是不太地道,可能就是上次建屋定砖脚的事,心里同你结了芥蒂,还是冤家宜解不宜结呀。"林崇业说。

林崇业同冯宏图校长前往陆家做说客。

老半天,回来后,带来的话是案情重大,要等待上峰发话。

"阿爸,我想到省城一趟,找找五姑,说说情,恳求通融

我们飘荡的河流

一下,事情可能会有转机。"林晓理说。

"你没有出过远门,一个妇道人家,我们很担心。还是等等由宇飞去办好一点。"江广明说。

"现在时间紧迫,等不及,况且一时半刻也很难找到大哥。你们不用为我担心,放心让我去办吧,我会照顾好自己的。"林晓理说。

林晓理急急收拾了一下行李,匆匆就出发前往广州。她先到周立生舅舅处,简单说明了一下情况。周立生二话不说,就带林晓理前往东山梅花村陈公馆见五姑。

他们口中所说的五姑,名叫莫秀英,是茂名县保安乡储良杏花村人,因在兄弟姐妹中排行第五,家乡人都叫其为五姑。莫秀英是陈济棠的夫人,年轻时家里贫困,在电白、阳江沿海等地漂泊,陈济棠早年当兵时曾长期驻防茂名电白一带,同莫秀英相识后,情投意合,日久生情,娶其为妻,后为陈生了十一个孩子。陈自从娶了莫秀英后,一路发迹高升,陈认为是她旺夫所致,为感其助,据说对她百般宠爱,往往有求必应。陈是国民革命军军长。

莫秀英很念乡情,热心帮人,却也爱财。她收下林晓理送上的五根金条后,笑逐颜开地说:"老陈晚上才回来,到时我叫他致电高雷警备区,然后写个手谕让你带回去就可以了。明天上午再来取手谕。"

"不知五姑的话靠不靠谱?"林晓理心大心小,总觉得不

24 腥风

放心,告辞出来后,她对舅舅说。

"放心吧,五姑敢收下你的礼金,她就一定能办成事。"周立生说。

林晓理第二天取到陈济棠的手谕后,即刻赶回来。

三天后,江家交了保释金五千块大洋,江宇跃、江家贵、江满生都放了出来。江家贵、江满生身体倒没有什么大碍,江宇跃却是被人抬了回来。经问才知道,江宇跃年轻气盛,在审问中同审问人员顶撞起来,被狱警拷打,打得遍体鳞伤,吐了几次血。

江家赶紧请来关湛庭医生诊断。诊断后,关湛庭心情沉重地说:"这些坏家伙下手很重,已是伤了内脏,这里条件有限,中草药调理,难以痊愈,只可以稍缓解,还要早做打算,送广州大医院治疗,耽搁不得。"

江家着急起来,正筹备着将江宇跃送往广州大医院医治,他却病情日重,回天无术,两天后便一命呜呼了。

江家遭此大难,已是元气大伤。江宇飞被悬赏通缉,躲藏在外,已顾不了家里的情况。所有的事只好依靠林崇业、杨英豪等帮忙操办。

丧事过后,江广明好像一夜白了头,而周全英眼眶都哭肿了。

幸好,林晓理坚强地说:"宇跃死得冤,恶人有恶报,总不会有好下场的。人死不能复活,你们要好好保重自己身体,硬朗地活着,争一口气,看看这些恶人的结果,我就不信,天不会有公理。我会好好替宇跃孝顺你们。"

与江家的悲伤相反,陆家却呈现出非同一般的喜庆。蟾坝村陆家大宅起首动工了。为一扫前次的阴霾晦气,这次专门请了一个狮班,在锣鼓喧天中奋力舞动着。平整的基地上挂着"蟾坝村陆家大屋起首仪式"的大横幅,为防节外生枝,还请了十多名荷枪实弹的兵丁守护着。做完祭拜仪式,就是风水先生"跛佬陈"罗盘定位,只是做的人非常起劲,围观者却寥寥无几,陆家人同泥水工等加起来,也就十多个人在场,场面非常冷清,蟾坝村村民以这种方式进行着无声的抗议。

陆运程看着这冷清的场面,心里五味杂陈。

这次他的大屋建设进展非常顺利,再也没有村民出来阻挠,村民出入路过,也没人同这些做工的打招呼。

转眼进入秋天。中秋节到了,这是一年的传统佳节,团圆的日子,江家人从高城回到蟾坝村祭祖。

周全英喃喃祈祷:"列祖列宗,保佑全家平安无事,宇飞在外出入平安,宇跃好生安息!"说完自己眼圈又红了起来。林晓理更是心中悲怆。

是夜,三更时分,一阵狗叫声过后,一个黑影突然从围墙外面跳了进来。

原来是江宇飞回来了。他先是敲了江家贵的门,江家贵

24　腥风

迅速起来：“原来是少爷，这么晚呀。"

"我是路过，偷偷进来看一下就要走了。"江宇飞回答。

江家贵很快把宇飞回来的消息传给了大家，江广明、周全英、林晓理等都很快起床，围了过来，问长问短。

周全英控制不住，未开口眼泪就流了下来，首先就说起江宇跃的事：“你弟弟已经……"

"阿妈，我已经知道了，这是反动势力的疯狂反扑，血债要用血来还，这仇迟早是要报的，只是苦了晓理。爸妈你们保重身体，革命一定会取得最后胜利。"江宇飞坚定地说。

林晓理说：“大哥是做大事的人，你放心去吧，我在家会照顾好爸妈的。"

原来，朱也赤、江宇飞等人已转移到广州湾开展秘密斗争，他们已接到广东省委的通知，为保存革命实力，南路革命的领导人将前往广州，再赴粤北，进入井冈山革命根据地。

蟾坝村靠近江边，相对独立，比较安全。江宇飞半夜回来，没人看见，天一亮就走了。

同一天，朱也赤也回到其老家茂南白土村，准备同其父母告别，幸好够警惕，要不差点给国民党反动派抓去了。

已是夜晚十时多，村民白天劳作困乏，平时大多已入睡，今天是中秋节，相对于平时，还有些晚睡的人。偌大的村庄，只有三五家透着亮光，灯火依稀。几声狗叫后，朱也赤潜回到老家。

我们飘荡的河流

"谁呀?"朱也赤的父亲问,并擦亮了火柴。

"我,朝柱。"朱也赤小声说出他的小名后,门也就"吱"的一声打开了。

简短的对话和亮光,引起了密切监视的反动团丁的注意。这段时间,他们一直昼夜不停地监视着朱家的老屋,朱也赤的叔父朱仲荣立即带着数十名反动团丁悄悄包围过来。

朱仲荣先走进屋厅来,他要先进行劝降,便皮笑肉不笑道:"侄儿回来了,回来就好呀。你现在一路风尘,频频扑扑,东躲西藏,见不得光,跟着共产党是死路一条。现在站到党国这边来,才是正道。你有才华,有学问,只要肯为国民政府服务,党国一定会宽大为怀,量才录用的。"

朱也赤看着他的叔父,警惕地打量四周,看到外面的院子门口等处有着许多黑影在晃动。他知道自己已经被叔父带来的兵丁守住,必须跟对方周旋,见机行事。他故意说:"我如果投奔到国民政府中,不知能安排我什么职务?"

朱仲荣说:"贤侄才华横溢,我定会大力推荐,至少保你当个副县长,金钱、地位两样齐全,荣华富贵享不尽,请三思决行,勿错失良机。"

"叔父一片苦心,特上门来劝说,心意我知道了,我会认真对待。叔父先饮茶,小侄远道回来,洗个脸,再出来同你聚谈。"朱也赤为麻痹敌人,一边跟他应酬,一边拖延时间。然后,他赶快入得屋里,顺手拿起一把斧子,用力砸烂

24 腥风

木窗户,跳了出去,使尽全力火速狂奔,逃出了包围。

朱仲荣听到声音,赶忙冲进来,而朱也赤早已逃得无影无踪了,气得他狠狠跺脚:"又给这小子逃跑了。"

江宇飞、朱也赤会合后,连夜撤退到了广州湾。

他们在白色恐怖的笼罩下坚持开展革命斗争。

1928年12月7日,广州湾上空乌云翻滚,海面上一片阴霾,寒气刺骨。西营码头,一艘"永利号"轮船急急泊岸,黄平民、朱也赤一行人,正准备登船到香港,然后,再到广州。

突然,一大队法国巡警蜂拥而上,将整个码头围得水泄不通。原来,他们一行被叛徒出卖了,而叛徒正是他们的广州同学梁超群。梁超群曾回南路负责兵运工作一段时间,回到广州后成了可耻的叛徒,他被派返广州湾活动,敌人利用他妄图将南路特委机关一网打尽。他伪造了广东省特委的文件,将南路特委的负责同志骗到码头,然后向巡警告密,到码头将黄平民、朱也赤一行逮捕了。

敌人押着黄平民、朱也赤一行,从广州湾一路北行。到吴川梅菉后先将黄平民等杀害了,然后又挑断了朱也赤的脚筋,把他放在竹篮里游街。朱也赤面不改色,沿途慷慨陈词,声音嘶哑了,还不停向围观的群众宣传革命道理:"我所做的一切都是在追求劳苦大众的解放翻身,从我加入共产党的那天起,我就确立了为共产主义事业奋斗到底的决心,真正误入歧途的是国民党反动派这些贪官污吏,是骑在人民头上作威作福的土豪劣绅,要推翻的是一切不公平的制度。"

敌人恼羞成怒,把他投入高州城监狱。

江宇飞得知朱也赤被捕时,已是五天之后了。江宇飞受南路特委委派,提前两天离开广州湾,他先回广州向省特委报告工作,因而躲过了一劫。

他急着向省特委请示,返回南路,设法营救被捕的同志。

回到高城后,他没有急着回到高州城祥兴商号的家中,也没有回到蟾坝村江家大院,而是在高州城中山路一带溜达了一圈,打听了一些情况。到夜色将近时,他潜入观山的虎威武馆。

"风声很紧呀,你从哪里来?"杨英豪一见到他就问道。

"我从广州回来,打听一下朱也赤等人的情况,想法子营救。"江宇飞说。

"朱先生现关押在高城监狱里,看得很严。他可真是一条汉子,听说脚筋都被砍断了,他就是不屈服,还一个劲地宣传革命道理。"杨英豪说。

25 / 碧血

江宇飞同杨英豪等人积极联络人员，开展营救工作的同时，国民党反动派也加紧了对朱也赤等人的提审。

陆运程假惺惺地说："朱君呀，真可惜呀，你有才有学问，可是不幸误入歧途，实在令人痛心。不过事到如今，我陆某仍然可为你选择一条前程无量的道路，嗯，只要你幡然醒悟，悔过自新，党国一定做到宽大为怀，量才录用，对你委以重任，这点我陆某可以担保做到。"

朱也赤大义凛然、铿锵有力地回答："我所做的一切都是在追求劳苦大众的解放翻身，没有什么要悔过的。误入歧途的是你们这些贪官、昏官、恶官。从我入党的那天起，我就确立了为共产主义事业奋斗到底的决心，你甭想从我口中得到半点你所需要的东西。如果你想拿我做筹码升官发财，那就看错人了，去做你的美梦吧。"

朱也赤铿锵有力的话，像一支支利箭射向陆运程的胸膛，

我们飘荡的河流

气得他七窍生烟、坐立不安,终于凶相毕露:"看来你是不见棺材不流泪,人来,给他点颜色看看。"

几个狱卒一拥而上,把朱也赤捆绑吊了起来,接着用鞭子抽打,一直把朱也赤打得昏了过去。

敌人一计不成,又生一计。第二天,反动警备团团长邱兆光来到监狱中,这时朱也赤被五花大绑着,血肉模糊。邱兆光故作惊讶地说:"是谁把朱君打成这样的?"接着"啪、啪"两声,装腔作势地打了身边狱卒两巴掌,"还不赶快给朱君松绑?!朱君呀,真委屈你了。"然后转身就走了。

第三天,邱兆光又来到朱也赤面前:"朱君呀,你就交出名单吧,逐个写出南路共产党的名单,我们就放你。在你面前就这么两条路,一条是生路,一条是死路,想生,唯一的办法就是悔过自新。"

朱也赤义正词严地说:"共产党是杀不尽的,杀了一个共产党员,还会有千千万万个共产党员站起来。如今已是山河破碎,国难当头,我这条蚁命有何足惜。历史将会把你推上审判台,人民会把你推上断头台。"

敌人看来已无计可施,只好使出最后一招:打亲情牌。

天寒地冻,北风呼啸,夜幕降临了。高州城监狱里,突然,狱卒一声叫喊:"朱也赤,有人探访。"

朱也赤拖着虚弱的病体,一看,原来是叔父朱仲荣到来。他一手拿着一瓶酒,一手提着盛着白切鸡、扣肉等好肉菜的

25 碧血

篮子,进门就说:"大侄子,明天就是你父亲的六十一岁寿辰,这本来是一个很值得庆贺的日子,但由于你参加共产党,连你的父亲也连累坐了监。六十一岁寿辰,按我们地方的习俗,为儿者,要为父亲好好庆贺一番。你不为自己的前程着想,也要为你年迈的老父亲着想呀。你父亲在狱中,整天咳嗽,身体一天比一天坏。你这做儿子的,于心何忍呢?现在,只要你向陆县长或邱团长悔过自新,交出共产党员名单,明天就可回家团聚。最近我生意忙,一直未能抽空来看你,唉,你在这地方受苦了,为叔见你这样,也是很伤心呀。"说着,把酒瓶盖打开,"来,喝了这瓶酒,压压惊,鼓起勇气争取远大前程。"

朱也赤说:"是不是陆运程和邱兆光叫你来的?恐怕是醉翁之意不在酒吧。"

"是的,是的。"

"告诉你,怕死的就不要当共产党员,自从我加入共产党的那天起,我就决心为共产主义事业奋斗终生了,我所做的一切,不负天地所生,无污父母之血。你我之间早已不存在叔侄情谊了。我不是恨你,我是可怜你变成了一条狗——一条为国民党反动派卖命的狗!我倒希望你赶快悔过自新,重新做人,如果继续执迷不悟,与人民为敌,人民终会将你送上断头台的。"

"真是孺子不可教也,在你面前只有死路一条了。"朱仲荣咬牙切齿。

　　杨英豪到监狱进行了探视，打听情况。当见到朱也赤血迹斑斑的身体时，他心痛地说："朱先生你可要保重身体呀。"他压低声音说，"他们很关心你。"

　　朱也赤会心一笑，知道党组织非常关心自己，委托杨英豪来看望自己。他知道自己来日不多，所以说道："请告诉他们，我的生命已经走到尽头，但我的血不会白流，为了革命事业，我已经死而无憾了。这是我写的几首诗，请转交给他们。"

　　江宇飞听完杨英豪的叙述，打开带回来的包裹，那是几首诗，只见上面写着：

　　　　墨雾暗无天，豺狼当道前。
　　　　高州悲赤血，黑狱泣青年。
　　　　奋斗已经年，锄奸志愈坚。
　　　　早知遭毒手，所恨未防先。

　　　　狱卒呼吾名，从容就酷刑。
　　　　人生谁不死，我当享遐龄。
　　　　白色呈恐怖，鉴江激怒鸣。
　　　　英灵长不灭，夜夜绕高城。

　　　　愁云惨雾罩南粤，志士成仁飞赤血。

25 碧血

浩气长存宇宙间,耿耿丹心昭日月。

为主义牺牲,为工农死节。
不负天地生,无污父母血。

何呜咽?何呜咽?
壮哉十六再回头,
破碎山河待建设。

"朱先生已抱必死的决心。"杨英豪说。

"我们只有组织起来,劫狱!"江宇飞说。

"劫狱?"杨英豪说,"高城监狱警备森严,能成功吗?"

"只要还有一线希望,我们都要放手一搏。"江宇飞说,"我们要尽快组织人马。当下,确实人很少,起义失败后,许多共产党员潜往他乡或隐姓埋名另寻工作,原来的一些农民自卫队员都很难找到。"

江宇飞同杨英豪商量,决定向过山风借人马。

事不宜迟,江宇飞、杨英豪星夜赶往雷风寨。

是夜,江宇飞、杨英豪连夜找到牛筋。牛筋在怀乡起义失败后,又潜回雷风寨,加入过山风的土匪帮。

听了江宇飞的简述后,牛筋说:"你们说的那个革命我

我们飘荡的河流

看是很难成功,现在到处是国民党的政权统治,你们要推翻是何其艰难。共产党推翻封建统治,为穷人翻身解放,打土豪,分田地,我一百个拥护,但什么时候才能实现呢?"

江宇飞坚定地说:"社会主义是人类发展的必然过程,社会主义制度一定会取代这个旧的制度,这是人类的自然规律,我们的革命斗争就是为了实现这个宏伟目标。我们现在处于革命低潮时期,但我们的目标不会变,我们的目标也一定会实现。"

牛筋说:"我非常佩服你们共产党人的人品,每次听到你们的话,我们就好像浑身是胆,充满力量。不管从我曾经是你们队伍的一员的角度,还是作为一个平民的角度,我都是你们的朋友,我非常敬重朱先生的人品,现在他落入敌人的手中,我拼着老命也要把他救出来。"

"光凭我们几个蛮干还不行,我想我们还是上山,找过山风大哥,向他借兵,这样才能成功。"江宇飞说。

当江宇飞一行入山见到过山风时,过山风还跟江宇飞开起了玩笑:"江大公子上山,莫非还嫌上次我要的赎金太少了吗?"

还未等江宇飞开口,杨英豪就接过话题:"莫开玩笑,我们这次来,是有要事商量。"

"是来向你借兵,劫狱救人。"江宇飞赶紧说。

"劫狱救人?你们这不是异想天开吗?我们这几条破枪,

25　碧血

散兵游勇,都没有经过正规训练,能劫狱吗?"过山风疑问。

"大哥,你这次能救也要出兵,不能救也要出兵。朱先生同我一起参加过战斗,是生死之交,是我最敬重的人,你如果不肯出兵,我带一帮兄弟下山,舍了这一百几十斤,也要拼他一拼。"牛筋说。

"我也没有说不出兵,只是要想个万全之策。我们就这点家当,拼光了就血本无归、无以立足了呀!"过山风说。

"对,我们要仔细研究,谋划好行动。"杨英豪说。

江宇飞提出:"我们可兵分两路,一路由过山风大哥你带领,攻打国民党高州城县政府,这是佯攻,主要是吸引敌人的注意力,扰乱他们的行动。另一路由牛筋大哥同我带领,攻击东门岭刑场,开枪后,趁乱劫走朱先生。据国民党政府放出的风声,他们是要在新历年这天杀害朱先生。这段时间你们认真操练一下,做好准备,元旦前两天,三三两两化装进入高城附近,到时再集结。"

他们觉得江宇飞的计划可行,大家又七嘴八舌地详细研究了具体的行动细节。

江宇飞、杨英豪返回高城后,开始打听相关事宜。

过山风也在积极做准备,配合行动。

一切都在有条不紊进行中。

谁知情况转眼间就发生了变化。

狡猾的敌人为防夜长梦多,提前于12月23日上午将朱也赤杀害了。布告是当天上午一贴出,马上开始行刑,预先没有一点声息。

共产党人想在刑场救人的计划没有成功。

朱也赤等革命烈士倒在了高凉大地上,他们的鲜血染红了这片他们战斗的土地,留下的只有他们的不朽英名和那些壮丽的诗篇。

梁泽庵、李雅度等共产党员、革命积极分子也在不同地方被杀害。在轰轰烈烈的革命运动中,在反动派疯狂的屠刀下,南路各县的党组织遭到极大破坏,各地党组织负责人邵贞昌、卢宝炫、朱光震、杨绍栋、梁本荣……都倒在血泊中。

26 比试

云开大山的花朵开了又谢,鉴江水日夜滔滔不绝南流。

清晨,江广明照例早早起床。他在大院走了一圈,又给猪圈的几头猪喂食。他是个闲不住的人。他看起来确实苍老了许多。这几年经历的这些事对他打击很大,特别是江宇跃的死,对他真是撕心裂肺,好在林晓理很能帮得上手,生意上的事已让她逐步接手,交由她打理。橡胶园的橡胶树这两年开始割胶,这也是国内首家生产的乳胶水,卖到广州制胶,成为独家生意。这些,都使江广明欣慰不少。

"阿爷、阿嬷好!"江振民奶声奶气地问候。这是林晓理的第二个男孩子,是江宇跃的遗腹子,一转眼也有几岁了。

"哎呀,好乖的孩子!"周全英先应了声。

"你这个小人精,起得那么早。"江广明逗着他说。

"阿妈说,早睡早起身体好。"江振民说。

"你这个小祖宗又来捣乱,到一边去玩,不要影响爷爷奶

我们飘荡的河流

奶做工。"林晓理见到他就说。

"让他在这儿玩,没碍事。"江广明对林晓理说。

早餐后,他叫周全英、林晓理、江家贵等人来厅里议事。他首先开口说:"今天叫你们来,是有一事同你们商量。我最近老想着一件事,就是宇翔的婚事,我看她也老大不小了,该给她把婚事办了。"

江宇翔中学毕业后,被茂名师范学校聘为教员。她看到大哥和杨刚智出外去了,也整天吵着想到广州去。

"我也很赞成,这宇翔也不小了,刚智是实诚的孩子,也是该给他们办喜事了。只是刚智走了几年,听说现在驻军在湘南,可叫老杨写信让他抽空回来办了这婚事。这婚事结了,也省得小翔成天嚷嚷要去外面,早结婚这心思也就收拢了。"周全英说。

"阿爸想得周全,这事也该操办了。这几年我们家遇到了不少事,大哥又不在家,幸好杨叔帮了许多忙,小妹到杨家,我们是再放心不过了。"林晓理说。

"那我就按明哥的意思去操办,先同豪哥那边通下气,再正式把日子定下来,人熟礼不能生。"江家贵说。

"具体的细节事你就去办。总之,我们要办得风风光光、热热闹闹,要在蟾坝村老家大办宴席。"江广明说。

江家贵前往观山虎威武馆,同杨英豪一说,杨英豪全家自然是很乐意,个个欢天喜地。

26 比试

杨英豪说:"明哥是爽快人,就按明哥的意见。我们赶快去信给刚仔,让他早日告假回来办这喜事。"

梁玉珠也接口说:"宇翔大闺女知书达理,又同刚智一起读书上学,玲珑乖巧,真是很讨人喜欢。虽然我们同江家定了亲,但我们总觉得高攀了,我们都不敢催办这婚事,现在明哥主动提出,这真是太看得起我们杨家了。这实在是我们刚仔的福气呀。"

江家贵把杨家的意见带来,这两家就开始热闹准备起来。

杨刚智一个多月后回到高城。一刹那间看到,他真是大变样,威武神气,身材挺拔。从黄埔军校毕业后,他加入了国民革命军参加北伐,回师后,现已是排长了,驻防湘南、韶关一带。

杨刚智回来,先见过父母,母亲梁玉珠摸着他的头,又捏捏他宽厚的肩膀,说:"小子结实了许多。"

杨英豪接过话说:"当然,吃军饷的活都是要挨得了苦才行。好,好,有出息。"

同杨刚智父母关心他身体不同,杨刚智来江家拜访时,江广明更关心时下的形势:"刚仔,这几年内战不断,国共分分合合,一会儿打一会儿合的,都搞不清谁是谁派了。"

"伯父,这年头,当兵的扛着一支大铁杆,也是给各自的主卖命而已。我们国军,今天调防这儿,明天调防那儿,各军阀之间打,同共产党红军打,都不知道调防到什么地方。

我们飘荡的河流

我们军现在是布防在韶关一带,蒋委员长说,随时要调入江西,进剿红军。"杨刚智说。

"报上成天说,这共党就要被剿灭了,情况到底怎样?"江广明问。

"红军是越剿越多,不断壮大了。开始只有井冈山一小块,现在发展到瑞金一大片中央苏区,还有鄂豫皖、闽浙赣、陕甘……全国到处都是红军根据地。"杨刚智说。

"你们老总态度怎样?"江广明问道。

"蒋介石排除异己,非黄埔系不用,对广东军总是不放心,所以广东军总的说来打仗是不积极的,特别对这打内战很不感冒,可以说是出工不出力。蒋介石一方面想消灭共产党红军,另一方面是想通过内战消除政敌和地方割据势力,达到排除异己的目的。各军阀也就各怀鬼胎,各打各的算盘。"杨刚智说。

"你有宇飞的消息吗?"江广明转移话题。

"这几年间没有见过大哥,听说大哥在香港,我估摸着大哥这几年是暗中在那边工作,就是共产党的秘密交通线。"杨刚智说。

"秘密交通线?"江广明不明白,故而重复说。

"就是共产党那边的秘密交通站。共产党的江西根据地被国军'围剿'、封锁,一些紧缺物资要通过秘密交通站运输进去,一些共产党要员、伤病员也要从各交通站引路进出,

26 比试

他们往往是通过韶关、广州，或者梅县、大埔、汕头一带到香港去，这些地带有很多共产党的秘密交通站。"杨刚智说。

"原来是这样。不知这小子野到哪里去了。"江广明说，"刚仔，你同宇飞现在不在同一道上，将来万一战场上遇到，可要记住这兄弟情啊。"

"伯父放心吧，大哥带我进军校的，这情我永远记着呢。"杨刚智说。

杨刚智和江宇翔的婚礼时间定在农历三月初七。

婚礼规模也是近些年茂名县最大的一次。

在是否宴请陆运程的事上，江、杨两家的人中，大部分都主张不请。

"我不要这个党棍、刽子手来参加我的婚礼。"江宇翔说。

"我看到这个老东西也作呕，我也不想看到他。"周全英说。

"这情绪我也理解，从心里来说，我也不愿见到这个家伙，但你们不知道，他现在还是我们茂名县的县长，掌握着这里的平民百姓生死攸关的大权。我们在他的眼皮底下谋生，如同他公开作对，便有十分的危险，道上的事，还是做到面上过得去。况且他同林家现在也是亲家，同在蟾坝村落户了，远亲不如近邻。"经江广明这么一说，大家也就不再反对。

陆运程也是厚颜无耻，婚礼那天照例出席，还谈笑风生：

我们飘荡的 河流

"这剿灭了共产党,可迎来了太平世界,我们茂名县境安静多了,要不,我们江老弟、杨教头这儿女婚事能好生热闹着办吗?"

其他人不想搭理他,倒是冯宏图校长,性格耿直,不怕他,嘲讽道:"陆县长这次剿灭南路共产党有功,听说不久要升任省参议员了?"

"剿灭共产党是蒋委员长高瞻远瞩,上峰有令,陆某人的功劳都是靠党国栽培。"陆运程恬不知耻。

却是再没有一个人搭理他,陆运程也就自觉无趣了。

江、杨两家儿女婚事的排场倒是刺激了他。不久后的一天,陆运程起床后,看着他的儿子,对他的夫人说:"我们也要给陆彪办婚事了。"

宋美莲说:"确实要给阿彪办婚事了,他的心都玩野了,没有一个人把他的心拴住,不行呀。"她停了一下,又补充说,"还是要同林家商量一下。"

"儿女婚事当然要两家商量着办的。我们要把这婚事办得比江、杨家的规模大,盖过他们的风头,叫老林出这款子。"陆运程说。

林崇业接到陆运程的传话后,赶快来到县长府第上同他商量,对他提出的婚宴全由林家出现款,也是满口应承:"这好办,钱就由我们家出,不增加县长的负担。"

"简直就是铁公鸡,一毛不拔。自己儿子的婚事居然要女

26　比试

方家出全部的钱,我们的女儿那么不值钱吗?"李芳草听林崇业回来叙述后,愤愤不平地说。

"谁让人家陆家有权有势呢。人家有权,是我们高攀了,我们有钱,出多一点没有关系,只要晓道不受委屈,就行了。"林崇业说。

这天,李芳草到江家来,她为这小女儿的婚事憋着一口气,心里总是不舒服,觉得难受。她只好来找亲家及大女儿诉苦。她泪眼婆娑,一五一十地说着这事。

林晓理见自己的母亲难受,只能劝着说:"阿爸这也是越来越糊涂了,这两家的婚事就怎么要我们一家出钱呢,这不是明摆着欺负人吗?再说,这婚姻靠多出钱就能幸福吗?我看小妹将来会给他害惨。"

江广明也说:"这老林也是,做事却是这么不明白。"

"他都是答应了的。"李芳草说。

真是一波未平,一波又起。这婚宴原本是订在瑞兴楼举行的,后来,陆运程又提出要在蟾坝村陆家的新宅举行,新宅入伙宴同他儿子的婚事一起办。这意思很明显,我陆家也是蟾坝村的主人了,而且据说婚礼规模也一定要压过江家,江家办的是八十席,他陆家要做八十五席。

"我一定要在蟾坝村举行儿子的婚礼,上次建屋子的事,村民闹事,后来择日再做,使我颜面尽失,这次一定要补回来,让那些穷鬼看看我的威风。"陆运程说。

我们飘荡的河流

婚礼那天,却是有了好戏看,总共摆八十五桌,空了十二桌,不但村民,就是县商会也有许多人没有来。这实在是很打脸的事,明摆着就不给他面子,陆运程脸气得铁青,林崇业心里也很不好受。请客容易,来客难,这空着的酒席,明摆着就是对你人品的一杆秤,好坏一目了然。

林崇业赶忙跟江广明说:"明哥,这可不好,得想想法子。"

江广明于是跟江满生说:"不看僧面看佛面,就算给我同老林的面子,叫大家来凑个热闹,图个好意头。"

江广明出了声,江满生这个族长去各家喊一声,发一下话,村民大都来了,勉强坐满了席,陆运程的脸上总算有了笑容,圆了一下面子。

这婚礼的比试,陆运程想来争一个面子,却是落得一个笑话。

27 / 劫货

乡村的世界似乎又开始太平,江家的生意也开始好起来。

江广明想尽快把商会大厦建起来,这两三年乳胶水生意不错,除了返还给村中族人的山地租金外,他要把赚的钱都投到商会大楼建设中。

他同江家贵、林崇业、李季廉等商量,大家都非常赞同。

"阿爸,我看这设计图的事还是交给冯校长。"林晓理说。自江宇跃死后,她逐步参与到生意上的事中来,许多时候,商量事情,她都参加。江广明把生意更多地交给林晓理打理。

"这主意好,冯校长是早稻田大学的高才生,建筑是他的老本行,这设计的事对他来说,自然是小菜一碟,不在话下。"江广明说。

江广明一群人在商量筹建商会大楼的时候,有几个人这段时间心里却很不舒服,也不时聚集在一起嘀咕。他们就是

我们飘荡的河流

韦海彬、韦润庆父子和朱仲荣、陆彪等。

前面说过,韦海彬、韦润庆父子是因为商会会长的事,同江广明结下了梁子。朱仲荣呢,则是因为朱也赤、江宇飞等领导的南路农民运动砸烂了他的大烟馆,冲击了他小舅子的大利公司,生意受损,财路被断,他一直怀恨在心,伺机报复,对这些参加革命人员的家属更是百般打击、刁难。他连自己的亲侄子都不放过,不遗余力地带人抓朱也赤。朱也赤牺牲后,江宇飞走脱了,他自然把江广明一家视为眼中钉、肉中刺。陆彪呢,此人一直不学无术,同他父亲一样,自小一肚子坏水,他同韦润庆打小就在一起,臭味相投,成了狐朋狗友。

"这江老头,上次没整倒他,现在又给他翻身了。"韦海彬愤愤不平。

"我听说他的橡胶园生产的乳胶水销量很好,赚了不少?"陆彪问。

"这几年他的橡胶树都陆续成林,大量出产乳胶水,这东西是紧俏货,赚钱很多,他的宝是押中了。"韦润庆说。

"他现在正紧锣密鼓、大张声势要建商会大厦,不知还要耍什么威风。"朱仲荣说。

"一定不能让他的阴谋得逞。"韦海彬说。

"老韦,他这是在打你的脸啊。"朱仲荣说。

"无毒不丈夫,我们一定要做单大的,杀杀他的气势,伤

27 劫货

伤他的元气,让他想做也无力做成。"韦润庆说。

这几个人在密谋商议。

起初,陆彪提议放火烧他的橡胶林。

"傻瓜,橡胶树是生树,用什么引火呢,没有干枯的柴木,很难燃烧起来,况且这橡胶树连绵好几座山岭呢。"朱仲荣不同意。

"抢夺他的运输商船,在半路上行动,截获他运往广州的乳胶水,然后倒入大海。他交不了货不说,还要赔偿,这一定让他损失巨大,可能一单就让他翻不了身。"韦润庆说。

"这计划如谋划得好,比较容易实施。"韦海彬说。

于是,他们就开始实施行动。

按照他们的设想,是在吴川梅菉出海口处实施。

可是,由谁去做呢?他们不约而同地想到了匪帮。

"由土匪去做,确实是高,神不知鬼不觉,妙,妙,妙!"陆彪说。

他们一行人商定,由韦润庆出面,找黑道上的人引路,委托他们前往雷风寨拜见过山风,谈这桩特殊的生意。

几天后,一位神秘的来客被引领到雷风寨里,喽啰报告给过山风,过山风见了来客。

来客神秘地说:"雷大哥,又有一笔大买卖了。"

"我们是拿人钱财,替人消灾,但说无妨。"过山风说。

"过几天,有一条群利号的货船,大哥只要带人把它劫了，货物任由大哥你处理，如用不上，抛入大海即可。事成，必有重金酬谢。"来人说。

过山风沉吟了一下：群利号货船，群利号为吴川老板陈华章拥有，船上装运的应该是他的货物才对，反正不在我的地界内，做就做。

过山风答应了下来，且加了句："只劫货，不伤人。"

马化开在旁听着，插了句："大哥可是变得仁慈起来了。"

来客也说："这不像你雷大哥的风格。"

"问多一句，可否透露你雇主是谁？"过山风说。

"不管他是哪路神仙，我们只管收钱。"马化开说。

"对呀，二当家说得对。江湖的老规矩，雷大哥可是比我在行的。"来客说。

前面说过，过山风的真名姓为鲁虎，但他一直没有暴露自己的真名姓，因为他的寨子叫雷风寨，所以民间的人还以为他就姓雷。

过山风终究是不放心。从江湖规矩来说，匪帮做这种打劫行当，当然可以不问雇主的姓名，也不问这劫货的对象为谁，正像他们所秉承的"拿人钱财、替人消灾"信条，只要有钱，哪管你天皇老子。但一般来说，委托做这种事的人，也是会主动告知雇主和劫物的对象的，这就叫心知肚明，使托人者和实施者都明明白白，不至于到时反悔。联想到来人

27 劫货

神秘的眼神,过山风知此绝非一般的打劫越货,一定还有其他目的。他留了个心眼,让二当家马化开留守,他自己带队前往。

这一举动非同小可,平时多数行动都是由二当家带队、他留守,这次他却一反常态。

"这等小事,哪还用大哥亲自出马,我带几个兄弟走一趟就行,包在我身上,保证脚到事成。"马化开说。

过山风还是坚持:"老弟这段时间辛苦了,我许久不出山了,尤其是好久没到海边去了,就当去吹吹海风,活动活动筋骨。"

过山风带的人马到了吴川梅菉海口,很顺利地上了船,劫了货物,一看是一个个圆圆的大木桶,上面写着"乳胶水"。

"'乳胶水'是什么?"那时,橡胶树才刚开始试种,还未普及,这帮匪徒当然不知道乳胶水是什么东西。

过山风便把船老大捉来审问,这才知道这船虽是陈华章群利号的,但是在替高城茂名商会会长江广明运货,这乳胶水就是从江会长的橡胶林中割下来的,要运到广州乳胶厂,用来制作塑胶。

"啊,原来如此,这是江会长的货。这就是当时来人不肯透露要劫货的主家是谁的原因了。"过山风的反应何其快。他的大脑在飞快运转着:这货不能劫,别说江会长是自己师兄的亲家，于情于理说不过去，且这江广明口碑极好，广得人心，他儿子江宇飞当年被劫时，二话不说就送来五万块大洋，是极讲信用之人。他儿子江宇飞又是共产党人，同三弟牛筋是好兄弟，一起参加过共产党的暴动，有生死交情。江广明做茂名商会会长后，热心公益，这橡胶林的乳胶生意，听说还是用来建设商会大厦的，是公益事业。要抢劫他货物、置他于死地的人，无非是他生意上的死对头，要不就是那些有权势的人。

他立即在附近选了一处偏僻的山岭，把劫到的乳胶水运到那里埋藏起来，且吩咐任何人不得透露出去，否则格杀勿论，对外只说已经把货抛入大海，以掩人耳目。

然后，他带了两个精灵的随从，同他一起星夜赶回高州城。

事不宜迟，他们必须马上面见江广明。当他们几人敲开高城江广明的屋宅时，已是凌晨四时多。

"真是不打不相识，雷大哥的侠义心肠，让我无比感激。大哥保护这批货物，真是对我们商会的最大支持，否则我们损失之大不说，商会大厦也无法启动建设。"江广明知道来人的身份后，真诚地说。

"江大哥声名在外，早令我惭愧不已。当年冒犯贵公子之事，还望会长见谅，如今能做些力所能及的将功赎罪之事，也算我的一点补偿了。"过山风说。

27 劫货

"现在你们两兄弟就不要见外了,关键是要做好善后工作,处理货物。"江家贵说。

一班人商量的结果是赶紧把货物挖出来,运到水东港码头,再雇船转运到广州。

一桩危机就这样悄悄化解了。

商会大厦也得以有足够资金顺利兴建,并于当年年底竣工。

28 / 船运

秋日的一天，林晓理对江广明说："阿爸，最近我老在想船运生意的事，我们家的船只小，就几条小木船和一些竹排，在这百里的江上，运送些小货、散货还勉强对付，要出海到雷州、广州湾、四邑一带就不行，更别说往广州、南洋等远程海线了。我们现在的乳胶水产量在不断扩大，运输能力也要跟得上才行。上次过山风他们抢劫我们的货物，就是利用了群利的商船。我们把船运做大了，就不用受制于人，所以我想扩大船运经营规模。我盘算了一下，有两个步骤，一是可以同陈华章的群利合作，通过参股注资等形式；二是如果他不愿意，我们就自己干，购进火轮，用机动船，能多载客，后舱又可载物，跑得快，抗风浪，可走远海。我最近想到梅菉拜会陈会长，再上广州考察一下。"

江广明说："你这个想法好，我们船运的业务是要扩大，我们自家的货物现在量大了，本身就要加大运输，况且现在出外经商、读书等的人都越来越多,船运的生意是有得做。只是前往同陈华章洽谈和到广州考察采购设备之事,路途遥远,我这段时间,风湿病发作,走不动。你一个妇道人家,出门在外,我们不太放心。"

林晓理说:"阿爸、阿妈,你们就放心吧,我又不是小孩子,我会照顾好自己的,不要有什么顾虑、担心。"

江广明、周全英终究是不放心她一个人出远门,想叫江家贵随她一起前往,又考虑到贵叔年纪也大了,干脆叫上她妹妹林晓道陪同。林晓道结婚后,在家做少奶奶,没事做,闷得慌,这不,自己的家姐来叫她,要带她去省城,她不知有多高兴。

陆彪可不满意,又没有办法,只跟她说:"你快去快回,不要到处抛头露面。"

"就你话多,还要你讲吗?我出去后,你可在家老老实实,可不要到处乱窜、拈花惹草。"林晓道也不甘示弱。

林家两姐妹就在鉴江码头上了船,她们都只带简单的行李,各提一个藤箱子。

她们一路沿江而下,秋风送爽,两姐妹的心情也很愉快,她们很久没长时间单独相处了。她们开始了愉快的交谈。

姐说:"你同那个老虎在一起怎样?"

妹答:"就这样呗。什么都做不成,前些年的革命热情都没有了,意志在一天天消沉,自己已是一具行尸走肉了,他父母一个劲地催我生仔。"

姐说："生儿育女也没有什么不好，没有女人生男育女，哪来的你和我。我看你倒真是要快点生个小孩子，拴紧你这颗不安分的心。"

妹答："我不想给他生孩子，青春就这般慢慢消磨掉，没有那股热情了。"她停顿了一下，又说："姐，姐夫走了，你一个人孤孤单单的，再找一个回来吧。"

姐说："我不再找了，我就在江家终老啦。他们都对我很好。"

妹说："江家对你是挺好的，对你也很信任。你没有忘记姐夫，也没有忘记江大哥吧。"

听到自己的妹妹这一点破，林晓理也大方说："江家两兄弟都很好，你姐夫实在、顾家，宇飞大哥有理想，为人热情。你也知道，当初我是先同大哥订的婚，后来才同宇跃成亲的。大哥当初逃婚，肯定是不满意这包办婚姻，你姐夫不在了，我现在都成了黄脸婆，更不可能同大哥有什么进展了。"

林晓理说到这里，陷入深思之中，心中也泛起淡淡的忧愁。两姐妹一时也没了话题。

江风在飒飒吹过。

船到吴川梅菉后，两姐妹就下了船，计划先在这里拜访陈华章，第二天再乘船去广州。

28 船运

林晓理拜访吴川商会会长、群利航运公司的老板陈华章倒是很顺利。梅菉当时设为独立市，极繁华，"东通广肇，西达廉琼，南连吴水，北控高城"，商人很多，有"小佛山"之称。有一句老话一直流传："上走下走，不如梅菉和海口。"可见其商贸繁荣。梅菉港是粤西重要港口。群利航运招牌响当当，不一会儿就找到商号地址。

"不知哪阵风把我们商界的女中豪杰吹到我这里来了。"一见面，陈华章就哈哈大笑对她说。

"今日是特来贵地拜访，想就航运生意和陈会长合作。"林晓理大大方方地开口，接着，把她想同群利合股购买火轮、准备扩大运输规模的事跟他说了，看他是否有合作意愿。

"林小姐有鸿鹄之志，陈某小本经营，目前尚未有大规模扩张经营的能力，感谢好意。"陈华章推托。

看到陈华章无意合作后，林家姐妹也就识趣地告辞。

她们找了间客店住下。林晓道对姐姐说："我看这姓陈的就是在耍滑头。"

"在商言商，人之常情。每个人想事情的角度不同，自然有他的想法，购买火轮投入大，回报时间长，他有担心，这是很正常的。况且，我看他还有一点是对我不信任，可能觉得我一个妇道人家，没有经营生意的能力，对我没有信心也是一个原因。所以，我们现在关键就是要把我们的生意做好，让他们不敢小看我们。"

我们飘荡的河流

第二天，她们到达了广州。

她们马不停蹄，不敢歇着，搭了个黄包车，到了太古仓港。她们考察的船厂，造的是木船，火轮要向外国订购，只能通过洋行。

她们又转往广州沙面一带，找到了洋行。旧中国的洋行，就是外国人在中国设立的公司，专做中国人的生意，雇用一些懂外语，熟悉本地风土人情，能够和政府、地方官员打交道的人员来打理具体事务，也就是我们过去说的买办。

接待她们的买办是一个三十多岁的小伙子。他非常客气地向她们介绍了相关情况。下订单后，至少要八个月到一年时间才能交货，而且要交全款。林晓理这次主要是来考察了解行情，一时半刻也下不了订单，在这个地方人生地不熟，她也没带那么多的现款，就干脆逛逛街。

"我们难得来趟省城，去逛逛大新百货。"林晓理跟妹妹说。

两姐妹愉快地前往大新百货。她们这次算开了眼界，商品琳琅满目，目不暇接。林晓理给妹妹、儿子、父母、公公婆婆买了用绸缎、洋纱等制成的新衣服，又特意给自己的父亲选了一支烟斗，还给公公买了副眼镜，这些都是县城里较难买到的。

"姐，你不给你自己买点什么吗？"

"我不用了，这购买火轮还要一大笔开支，我就省了。"

28　船运

"姐,你可真贤惠啊,对江家那么好。"

"这不是对江家好,是对我家人好。我嫁入江家,这就是我的家。你也要这样,可不能在心里计较着林家、陆家之分。你结婚了,陆家也是你的家。"林晓理说。

"好,知道了,收你一条裙,又要给你教训一番,口水多过茶。"林晓道做了个鬼脸。

两姐妹边说边笑,一路愉快地逛着。林晓理正想着心事,说:"我还要给舅舅、舅母买点礼品,我们去他们家一趟。"

"舅舅、舅母?"林晓道还没有反应过来。

"就是婆婆在省城的弟弟。"

"啊,是他们。"

"对,他们平时很少回来,同他们见面不多,你可能未见过他们。我上次为宇跃他们的事到省城来,到了他们家,还是舅舅带我去见五姑。这次来,我们还要去探望一下他们。这次出门时婆婆也交代,叫我们到他们家借宿。我想这借宿倒无所谓,倒是想听听他们的意见。"

"你还想见见宇飞大哥吧。"

"你不要乱讲。大哥这几年东奔西跑,也没见着人影,一会儿听说在上海,一会儿听说在江西,前阵子又说在香港,公公婆婆老是挂着他,也不知道在哪里。"

是夜,两姐妹到了周立生家,舅舅他们一家子不知道有多高兴。

"你们也未先捎个信。"周立生说。

"我们有点生意上的事。"林晓理简单把自己的来意说了一下,还说也想拜访一下莫五姑。

周立生说:"你有这个想法也好。姐夫这几年身体大不如前,思想、经营理念也比较陈旧了。小林你年轻,有活力,确实比他们有眼光和想法,肯定也能比他们经营得好,只是你一介女流之辈,确实要比男人付出更多艰辛和努力啊。"

"有爸爸他们把舵,还好。我年轻,有精力,多做点无所谓。"林晓理说。

"我姐姐精力充沛,聪明过人,想法很多的。"林晓道接话说道。

林晓理问:"不知舅舅这些年见过宇飞大哥吗?有无联络?爸妈他们都不知道他的信息,经常问起。"

周立生说:"好些年不见了,那年匆匆忙忙来这一趟。这几年是音信全无,一会儿传说在江西,一会儿又传说在香港,不见踪迹,没个确信。小波、小涛她们经常提起呢。"

说到莫秀英,周立生说:"莫五姑那边,你们也是该去看看的,她还是很念乡情,那会因为宇跃的事,你也曾经找过她,她也热心帮忙。只是这几年随着陈济棠的升迁,特别是现在陈已做了'南天王',越来越多的人求她办事,为升迁、为发财,不知多少人走她的路子,她也变得很势利了。"

前面对莫五姑已做过介绍,就是陈济棠的夫人莫秀英,她同陈济棠结合曾有一段传奇经历。陈济棠娶其为妻,后来一路发迹,现在竟做到广东省政府主席,认为是莫秀英旺夫相所致,夫人助力有功,自然有求必应。据说,许多人要求陈济棠办事,都走莫秀英夫人这条路线,十个有九个行。莫也深知这枕边风的作用,就在广州荔湾涌西岸开了一间俱乐部,平时,达官贵人、富商巨贾、名门宠妾出入其中,表面上是打牌豪赌、跳舞唱歌、吃喝玩乐,背地里却干着买官卖官、权色交易等肮脏勾当。

第二天,周立生带着林家姐妹到荔湾涌西岸俱乐部,莫秀英不在,没找到人,又到东山梅花村陈公馆,才见着。林晓理已是第二次登门,自然也熟门熟路。

周立生见到莫秀英就说:"茂名乡下姐姐的儿媳妇她们来省城,一定要来探望、感谢五姑,我就带她们来了,五姑可不要责怪啊。"

"五姑好,我是江广明家的儿媳妇林晓理,上次多得五姑帮忙。我们在乡下,平时很难见着五姑,这次到省城,一定要来探望五姑。这是我们家的一点心意,请五姑买点东西补补身子。"林晓理说着,拿出两根金条给她。

莫秀英乐开了花:"这江家媳妇就是嘴甜,我喜欢。"

"五姑为人仁义,声名远播,有口皆碑。"林晓理说。

一众人天南海北地谈了一通,一个多小时过去了。

"你们来,可还有何要事吗?"莫秀英见惯了大场面,知道来她家里坐的人,大多还是看她老公的面子,求他办事,走她的路子。

"也没有很多要事。只是这几年在陈主席领导治理下,政通人和,民众安居乐业,经济繁荣,社会发展有目共睹。我们江家的祥兴号船运大有发展,也想趁这大好时光,扩大运输业务,准备购买火轮进行经营。"林晓理先给她戴了顶高帽,吹捧陈济棠一通后,切入了正题。

"你们是走哪条线路?"莫秀英问。

"我家祥兴是走吴川、鉴江水域。"林晓理回答。

莫秀英说:"鉴江水域航线竞争很大,除你的祥兴外,吴川陈华章的群利号也是这条线路,我看你不如开辟从广州到水东的新航线。我早年在水东,知道那里货物运输需求量很大,像花生油出口大多从那里上船,当地人习惯叫'油地码头',运输进来的货物也是靠水东港口,这水东镇比电白县城电城镇还要繁华。那条线路可是有得做的。我家老陈就说过多次。"

"五姑见识确实过人。我也听说水东繁华,之前,我倒是不太把心思放在那儿,今天听五姑一说,就像拨开云雾见了天,使得我眼界大开。不如,我就跟五姑你合作一起来做这条航线,资金由我们祥兴出,利润对半分成。"林晓理提议。

莫秀英说:"那好,我就喜欢你这个大少奶,人漂亮,脑子灵,嘴又甜,对我的性子。"她说到高兴处,还拍了一

28 船运

下林晓理的肩膀。

当下她们就说好,由祥兴出资十万元,购买两条火轮。

林晓理回到高城后,汇钱到广州,因为有莫五姑同陈济棠吹了枕边风,陈再同货轮公司打了招呼,不出三个月,两条火轮就到了。

他们合作开办的船运公司叫南安轮船公司,两条新买的船被命名为"海建号""广海号",不久即投入了营运。"海建号"行走于水东和广州之间,"广海号"则是专门往来于水东至四邑一带。

水东港油地码头一下子出了名。每天,满载客人和猪、鸡、鸭、蔗糖、花生油、海盐、鱼等海鲜产品的货船驶向茫茫大海,又从外地运回布匹、手工等生活用品,一年四季,络绎不绝。

1932年秋,陈济棠同其夫人莫秀英回茂名探亲,就是乘坐"海建号"到水东,抵达南海大洲岛水域,再坐木船从油地码头登岸。

街边人山人海,围得水泄不通。电白县国民党党部、政府的官员作陪。在作陪的一众官员旁边还有一个风姿绰约的女子,这就是江家的媳妇林晓理。

林晓理在高雷一带商界声名鹊起。

我们飘荡的河流

29 / 高压

二十世纪三十年代初期,陈济棠任粤系第八路军总指挥、西南政务委员会主任、广东省政府主席,把持广东军政大权,要风得风,要雨得雨,人称"南天王"。他在南粤大地实行高压统治,对整个广东共产党领导的工人农民革命斗争进行残酷镇压,广大农村实行乡保甲制度,层层管制,南路革命处于最艰苦的低潮时期。

大浪淘沙始见真金。那些坚贞不屈的共产党人秘密转移到外地,继续从事地下党工作,参加琼崖、东江游击根据地斗争,或者进入中央苏区革命根据地。更多的革命人士、积极分子、同情革命者则是隐姓埋名,迫于形势的高压,不能公开活动。也有畏缩者、落伍者,甚至反叛者。一些双手沾满共产党人、革命人士鲜血的党棍政客和土豪劣绅却摇身一变,获得了高官厚禄。

林云陔升任国民党中央监察委员。

29 高压

陆运程升任广东省政府参议员、广东省建设厅厅长。

叛徒梁超群此时已被委任为茂名县县长。

陆彪已任茂名县警察局局长。

朱仲荣、梁富平等一帮流氓地主也都混了个乡长当。

这些人同鉴江大地有着千丝万缕的联系，也是茂名许多历史事件中有形或无形的推手。

陈济棠是一个复杂的历史人物，他主政广东，大权独揽，铁腕统治，排除异己，对共产党、革命人士进行残酷镇压、无情打击，竭力巩固自己的地盘。但这个人也注重搞建设，喜办实业，大力发展经济生产。当时，蒋介石忙于中原大战、蒋桂战争等军阀混战和加紧"围剿"共产党革命根据地，广东社会处于相对平稳状态，这也为南粤经济社会发展提供了一定的便利条件。所以，陈济棠主政广东期间，经济发展，社会稳定。1936年，陈济棠因同蒋介石发生矛盾，争权夺利，发起两广事变，事败，通电下野，这是后话。

陈济棠在发展经济的同时，也肆意搜刮，囤积居奇，广积良田，中饱私囊，大发横财。他开设轮船航运，经营客运和货运，开办银票号，经营存款、贷款、汇兑和进出口贸易生意，获利丰厚，几年间积累了亿万家财。他在自己家乡防城建了豪华的别墅。妻子的家乡茂名，是他早年长期混迹的地方。发迹后，为显示自己的"亲民""爱民""护民"和现在的显赫地位，他在茂名和高州城大兴土木，进行了一系

我们飘荡的河流

列建设：在莫秀英的家乡保安乡储良杏花村建起一座"杏花庄园"，在高州城永镇街建起一栋私宅"南漱草庐"，作为自己和家人回乡度假之用的公馆。他拨出一定款项，在茂名县城南部的石仔岭一带建设飞机场，在高州城建设鉴江大桥。

江家自从同陈济棠攀上关系后，祥兴的生意是蒸蒸日上，一天比一天好。轮船的货运不断，出行的人也争先选乘南安轮船公司的船班。人们一传十、十传百，都想来开开眼界，搭乘试试、见识见识这省主席坐过的船，也知道这船班是省主席持股份的船，心理上更有安全保障。江家的商贸和橡胶园的生意也是红火，日益兴隆。

林晓理深知祥兴的生意同陈家息息相关，因而十分注意同莫秀英保持关系，经常到其家探访。在"杏花庄园""南漱草庐"的建设中，林晓理忙碌不停，组织工人，运送建筑材料，都不遗余力，像对待自己的家事一样。在飞机场和鉴江大桥建设中，她更是动员江广明出面召开商会会员大会，以茂名县商会的名义，号召各界捐款。林晓理在会上发表了热情洋溢的演说：

建设飞机场和大桥，此乃我茂名千秋万代之利民行动，希各界人士齐心协力，共襄善举，聚沙成塔，集腋成裘，玉成其事。

她温婉俏丽的面庞带着微笑，清脆悦耳的声音娓娓动听，大家一时间被她的话打动。她带头捐款两千大洋，在她带动

29　高压

下,商会中人也纷纷慷慨解囊,一时间筹集了足够的资金。林晓理的捐款成为一笔大款项。飞机场建设速度极快,仅一个多月就建成,当年5月21日动工,6月28日建成,耗资大洋一万六千多元。县级的飞机场,虽说不上大型,建成后,曾通民航,十日一班,这在当时国内实属罕见,亦可载入中国航空史的重要一页。

鉴江大桥宽约八米,长约一百五十二米,建设工期整一年。整座大桥的建设,耗资大洋十二万多元。鉴江水滔滔不绝,波澜壮阔,成就了千百年航运、航行、渡船、码头,人们习惯了出行来往的船渡生活。一座崭新的大桥横跨江面上空,出现在高州城市民生活中,总算结束了两岸人民用木船来往的历史。这是鉴江的第一座大桥,在鉴江的历史中也是很值得一书的。

林晓理还建议公公江广明建立商团武装,维护商会会员的权益。她说:"建立商团武装,平时巡逻,既可维护街市、商行的秩序,防止偷抢盗窃,保卫商厦,也可接受运送货物押送、保镖等生意。"

江广明说:"这确实是个好主意。"

他们同林崇业、李季廉等商议后,招募人员,请杨英豪出面训练,很快就建立了一支商团武装。

林晓理的名字已为高雷一带人所熟知。他们知道了江家的这个能干媳妇,也知道她现在已是祥兴的实际掌门人。

我们飘荡的河流

时光飞逝,日月如梭。

江、林、杨、陆家的后代都在成长。

林晓理的大儿子江振人已读中学,二儿子江振民已读小学。

江宇翔现在安心在家乡教书,只是她同杨刚智结婚后,聚少离多,几年间还没有生个一男半女。

林晓道同陆彪结婚后,不甘心做少奶奶,在《高州民国日报》找一份差事,写些文稿,编辑校对文字,很符合她到处走动的性格,她做得好像不亦乐乎。

最让父母头痛担心的就是林家的三小子林晓光,他现在跟着陆彪在警察局,吊儿郎当,一直没有成家。

30 / 辗转

同江家生意欣欣向荣的景况相比,江宇飞在这几年的革命生涯中不断辗转。

南路党组织被破坏后,他潜伏到广州增城,以教师身份做掩护,从事地下工作。之后,他前往上海找到党组织,并在中共中央特科工作了一段时间。其间,他还参与营救恽代英同志。

当时,恽代英被捕入狱,党组织积极进行了多方营救,从不同的渠道想方设法。党组织了解到江宇飞的舅舅同国民政府军委会秘书长杨永泰是同乡、同学,便指示江宇飞设法利用这层关系开展营救工作。恽代英在纱厂联系工作时被捕,最初身份尚未暴露,他用的是化名王作霖,这为党组织营救赢得了时间。

江宇飞接到任务后,风尘仆仆地回到广州。他敲开了舅父家的门。当舅母刘美琪见到一脸疲惫的江宇飞时,大吃一

我们飘荡的河流

惊:"啊,宇飞,是你?好久不见,这几年你都到了哪里,没见着你的踪影。"

"一言难尽,初时风声很紧,不敢暴露,所以不敢来,怕连累了你们。后来我北上到了上海,东奔西走,转眼间就几年了。"江宇飞简单说了一下情况,话锋一转,"这次来,还想烦请舅舅帮忙,我们有个同志被他们捉入了监仓,要抓紧把他搭救出来。"

周立生知道他要搭救的人肯定是共产党方面的人,而且可能还是有一定级别的人物,但他也不详细打听,他知道,这是共产党对他的信任。他虽然不是共产党员,但他富有正义感,对蒋介石叛变革命,血腥镇压共产党人,内心非常愤慨,只是他一介书生,有时觉得有心无力。

"你们的想法是……"周立生开口。

"看舅舅能否通过杨永泰的关系,出面疏通一下。"江宇飞说。

周立生说:"杨永泰这个人,虽然是茂名人,和我也是同学,但这个人乡情淡薄,为人是墙头草,善于见风使舵,现在投靠了蒋介石,做上了总司令部秘书长,成了蒋身边的红人。我这个老同学,平时我就跟他疏于联系,不知他现在认还是不认哩。"

"时间紧迫,我们现在有一线希望,都要努力争取。"江宇飞说。

30　辗转

江宇飞见只有周洪涛在,就又问:"小波现在在哪里?"

周立生答道:"小波到了香港英华女学校读书。"

周立生答应试一试。他收拾好行李,同江宇飞搭车到了南昌,住进江西大旅社,通过传达室层层通报。

杨永泰还是给了这个老同学面子,仅等了一天就安排见了周立生,听了情况后,疑问:"这王作霖是什么人?"

周立生说:"我外甥的妻哥,在上海从商,因在工厂罢工的人流里,误当作共党嫌疑被抓了。外甥一个劲来求我,我只好厚着老脸来找你。"说着,他故意看了一下江宇飞。这整套的说辞都是江宇飞同舅舅预先编好的。

"如果不是政治重犯,只是一般的犯人,可能比较好办,但仍须甄别。现在南京是陈立夫他们的CC系把持,他们把我看作眼中钉、肉中刺,我虽在委员长身边,也是被多方掣肘呀。"杨永泰说。

"那就有劳秘书长过问南京警备区方面。"江宇飞说。

周立生、江宇飞他们还待在旅店等待消息,准备随时接应。正当此时,中央特科顾顺章在武汉被捕叛变,首先供出了恽代英。恽代英身份暴露,不久即被国民党反动派杀害于南京。

共产党组织营救的努力最终无果。

　　　　浪迹天涯忆旧游,故人生死各千秋。
　　　　已摈忧患寻常事,留得豪情作楚囚。

我们飘荡的河流

恽代英留下了这首《狱中诗》,也留下他的铁骨铮铮、视死如归的革命精神。

接着,江宇飞被派遣去做秘密红色交通线的工作。这是一项秘密而又十分繁重的任务。赣南、闽西中央苏区被反动派严密封锁,设于上海的中共中央机关与中央苏区的联系任务,大多通过广东境内的地下交通线来完成。广东各地党组织和各根据地之间也需互相沟通联络。

当时,香港设立南方局总交通处,各地设立分处,各交通处设有交通员。香港是广东党组织领导机关活动的中心,为了加强与党中央(上海)的联系和对全省各地区的联络,广东省委开辟了与上海的联系通道和一些通往各地区的交通线,逐步形成了一个以香港为中心、分布于全省各地的地下交通网络。

党中央(上海)与广东省委(香港)之间的联系,主要由海上通道进行,通过上海及香港轮船上的海员党员和工会会员的掩护来帮助传递信息、输送物资和护送干部。中共中央在上海出版的报纸,也是由海员党员和工会会员携带抵达香港。

中共中央开辟了一条由上海、香港、汕头、清溪(大埔)、永定进入江西中央苏区的长达数千公里的秘密交通线。党中央和广东省委先后派了许多同志到香港和各地负责交通站的工作,担任中央交通线专职交通员。

30 辗转

这条秘密红色交通线,担负着重要任务:

传送中共中央与中央苏区之间来往的文件。一方面,党中央要传达党内的重要文件,通报中国时局的形势和任务,通报国际共产主义运动和苏联等国家的情况,以及通报反革命营垒内的动向等。另一方面,党中央也极其需要了解和掌握各苏区各红军革命斗争的情况。

护送干部安全进入中央苏区。1930年前后,为了巩固、发展与扩大苏区和红军,适应苏区革命斗争的需要,党中央决定抽调白区大批干部到苏区加强领导力量。交通线护送大批干部到苏区。1931年4月,顾顺章在武汉被捕叛变,严重威胁着上海党中央和直属机关的安全。在周恩来勇敢沉着、积极果断的指挥下,一批干部被迅速隐蔽、转移进入苏区。1933年1月,中共临时中央政治局在上海已无法立足,被迫迁往中央苏区。

向苏区输送物资。国民党反动派的军事"围剿"和严密的经济封锁造成苏区物资严重匮乏,为了粉碎敌人的经济封锁,党中央十分重视在物资方面支援苏区。在秘密交通线沿途,如在香港、汕头、大埔以及苏区边境各县,党组织开设了一些店铺,这些店铺有香港大新公司、汕头中法药房、汕头电器材料行、大埔茶阳同天饭店、清溪永丰客栈等;利用这些店铺向苏区输送所需要的物资,主要是布匹、食盐、药品、纸张以及电讯、印刷、机械等器材,缓解中央苏区物资

我们飘荡的河流

匮乏的困局,支援中央苏区的革命斗争。

除了秘密交通线外,还有从上海、香港、广州、韶关、南雄、信丰进入瑞金苏区的"粤赣线"及"闽粤线"等地下交通线,积极配合和协助交通站的工作。

江宇飞在香港中共中央特科机关工作期间,主要是同各站交通员联络,有时也帮助护送物资。一次,江宇飞接到任务,需运送一批纸张、印刷机器,这是中央苏区最急需的。过几天就要出发了,他采购好物资,全部打包封好,一切准备妥当。他稍觉轻松了一下,走在弥敦道上,想起周洪波就读的英华女学校,他决定去看望一下这个几年不见的小表妹。

已是炎热的6月,周洪波身着学生装束的短裙,充满活力,迈着轻盈的步伐走出校门时,她做梦也没想到在这个地方见到自己想见的人。

"飞哥,真的是你?我做梦都想不到。这几年你都去哪儿了,人影都见不着,想死我了。"她快人快语。

"我是为生计东奔西走,也没闲着。"江宇飞不想详细说自己工作的事。

周洪波说:"飞哥,我们都很担心你,这几年冤死的人不少,你一定要注意安全。"

江宇飞说:"我是大人,不用担心。你一个人在此读书,倒要自己照顾好自己。"

江宇飞请周洪波在一家小餐馆用了午饭,说了些闲话,

30 辗转

就告辞了。

周洪波眼睛湿润:"飞哥,你要多来看我,我很想你。"

地下工作特点就是变动极快,说走就走,完成任务可能就得马上转移到下一个地方。秋天间,江宇飞接到的新任务是前往罗定做蔡廷锴的统战工作。蔡廷锴是十九路军首领,1932年领导"一·二八"淞沪抗战后,蒋介石派他到福建进攻红军。他感到内战没有出路,不想自己人打自己人。1933年11月21日,他在福州竖起抗日反蒋的大旗,成立了中华共和国人民革命政府(通称"福建人民政府")。蒋介石对福建人民政府是又恨又怕,恨的是蒋光鼐、蔡廷锴十九路军的"另立",怕的是这支"不听话"的"异军"和共产党红军合作,那局面就更不可收拾了。他立刻调集了自己的嫡系部队对福建人民政府进行了围攻。不久,福建人民政府宣告失败。蔡廷锴也心灰意冷,经汕头乘船出走香港,后又出洋到欧美国家考察。随着抗日形势的不断高涨,他又回到家乡广东省罗定县罗镜乡龙岩村里隐居。

茂名县靠近罗定县境,茂名县北部即为信宜县,信宜县同罗定县罗镜乡毗连。过去,由于交通不发达,茂名县北部、信宜县许多群众到省城广州,往往就走罗镜、罗定到南江口、德庆一带乘船沿西江而下。

江宇飞在十多年前被信宜云开大山的过山风匪帮绑架,土地革命战争时期,他同朱也赤、罗克明等在信宜发动怀乡起义，因此对这一带的地形非常熟悉。

虽然时令已是秋季，但是南方的秋季还未能让人体会到秋天的凉爽。江宇飞走在这丘陵地带，不时走一段山间小路，不时又越过一道山坳，当进入一条开阔的田垌时，这就到了蔡将军隐居的龙岩村。田里的稻谷已经收割，剩余田间的稻草有的三三两两、一堆堆地排放着，有的缚成人形立在那里，远远看去倒像是一个个挺拔的兵士。

蔡将军的家就在山脚下，背靠大山，面对这片茫茫的田垌，仿佛就是策马驰骋、冲锋陷阵的疆场。

"真是地灵人杰呀！"江宇飞看着这里的青山绿水，由衷赞叹道。

蔡将军的家不大，小四合院，典型的粤西农村式样，也不见有兵士把守。他上前敲门，出来一个斯文的中年男子，戴一副眼镜，问道："先生从哪来？"

江宇飞答道："我从广州来。"

又问："先生可是蔡先生旧友？"

江宇飞说："我同蔡先生原先不熟悉。"

中年男子说："蔡先生不在家，访亲戚去了。"

江宇飞说："我是受朋友所托而来，跟蔡先生有要事商量。"

"蔡先生确实不在。"

这时，从里屋传出一个洪亮的声音："林主任，让来客

30 辗转

进来吧。"

江宇飞进得门来,看到里屋走出一个高大的中年汉子,虽然已脱下军装,但腰板挺拔,目光如炬。此前,江宇飞也在报刊上多次看到他的相片,不用介绍便知他就是威名远扬的蔡廷锴将军了。

"在下小姓江,老家在毗邻的茂名县。今日得同将军相见,乃三生有幸呀。"江宇飞打躬作揖道。

"先生是从共产党那边过来的吧。"蔡廷锴开门见山。

"正是,我是共产党组织派来的。"江宇飞说。

"请江先生原谅刚才的挡驾怠慢,这段时间来找蔡先生的人很多,形形色色,各派各别,鱼龙混杂,什么人都有,不得不防呀。"这时,刚才被蔡将军称作林主任的人沏了茶,端了过来。

"这是我们十九路军原政治部主任林一山,这段时间跟着我,帮我处理日常来往书信等一些事务。"蔡廷锴介绍说。

"啊,久仰,久仰林主任大名,你是军旅出身,倒是一身斯文样,还真看不出你是久经沙场的战将呢。"江宇飞说。

几个人寒暄了一阵后,便开始进入正题。

"江先生这次来,肯定有特殊使命吧。"蔡廷锴问。

"我这次来,我们党组织确实给我一个任务,这个任务关系着将军你的前途。"

"我的前途?"

我们飘荡的河流

"对,确切说,是你的政治前途。"

"愿听君说。"

江宇飞就细细说开了:"现在抗日形势高涨,全国人民要求全民抗战的呼声不绝于耳,蒋介石忙于内战、实行'攘外必先安内'的政策是不得人心的。近期,广东军阀联络桂系发动两广事变。现在中国共产党长征到达陕北,中国共产党号召停止内战,一致抗日,结成广泛的爱国统一战线。将军你威名远扬,在闸北抗战中就树立'抗日将军'的威名。将军一生都在抗战,厌恶内战,蒋介石调集你部到江西围攻红军时,你就和我党合作,将军的爱国之心,日月可鉴。福建事变,十九路军解散,但将军威名仍在,何不就此重组军队,竖起十九路军大旗,招收旧部,汇入这抗日救国的洪流中,顺应历史潮流,也不枉将军威名呀。"

"先生所言极是。也感谢共产党对我的信任。我蔡廷锴虽然不是共产党员,但永远是你们党的朋友。"蔡廷锴将军表示,"近期,也确实有各派力量来游说我,我会认真对待的。"

"将军深明大义,那期待在不久的战场上看到将军的英姿。"江宇飞告辞。

31 潜水

江宇飞从罗定翻越大山,取道信宜,搭乘客船沿鉴江而下,回到蟾坝村,为避人耳目,他特意没有回到高城的住家。

他回到了家乡,回到了这片熟悉的土地,这片在大革命运动中如火如荼的土地,人民革命热情高涨,现在却是一片沉寂,党组织遭到彻底破坏。他给党组织写了详细报告,汇报了动员蔡廷锴将军重组旧部、一致抗日的工作情况,请求党组织允许他在家乡开展一段乡间的调查研究,联络人员,伺机恢复建立茂名党组织工作。党组织同意了他的意见。

他逐渐在当地露面,对外声称他辞去了外地学校的教职,回来帮忙打理家族里的生意。这期间,他前往茂名师范学校找到了车振伦。车振伦在革命低潮后,潜往外地,后经人介绍,参加蔡廷锴的十九路军,福建事变后,也回到高州城。他叔叔是茂名师范学校的副校长,介绍他进茂名师范任教务长兼会计。

"宇飞,你也回到高城来,真是太好了。"车振伦热情地说。

"在外奔波,揾食不易,还是回来本地,找点事做糊口度日算了。"经过多年的残酷地下斗争,江宇飞深知隐蔽战线斗争的复杂性,他不得不警惕。几年不见,许多人的思想发生了变化,在大革命中的一些人,有的蜕化变质,有的落伍。江宇飞对这个多年前的战友情况未明,所以一开始也不敢透露过多。

"你同那边还有联系吗?"车振伦试探着问。

江宇飞也只是淡淡地说:"我近些年在增城当教师,是两耳不闻窗外事。"然后,他又好像漫不经心地问:"茂名前些年那些人怎么样?"

"许多人走的走,藏的藏,都很少露脸。一些胆小怕事的、心淡的,无甚热情,悲观失望。只有梁昌东、梁弘道他们几个思想较活跃。听说陈信材、彭中英回到了吴川。"

"梁昌东、梁弘道他们在做什么?"江宇飞问。

"他们两个在开办补习班,改日可找他们饮茶聊天。"车振伦说。

江宇飞同他们见了两三次面,逐步把一些积极分子串联起来,为恢复党组织打下了基础。

江宇飞宣称参与家族生意,而他也确实参与了一些生意的事。

31 潜水

这是一天偶然同他老父亲谈话受到的启发。早餐后,江广明跟他说:"阿飞呀,你这几年东游西荡,老大不小了,在外面那么久,如果一时半刻没有找到事做,倒不如用点心思在咱家的生意上,也算是帮一下晓理的忙,这几年晓理为这生意的事操心不少。"

江宇飞想想,倒也好,既可以利用这身份做掩护,来做党的工作,也可通过参与一些事务,广泛接触民众,更好了解各地的情况。

林晓理也说:"大哥肯出来打理生意,真是再好不过。大哥走南闯北,见多识广,主持咱家祥兴的经营,一定会更加兴旺。"

"我就做个帮手,具体的事还是由弟妹来做。我跑跑腿,在家闲着也是闲着,不如做点事,否则倒像个吃闲饭的。如果我那边要有事务,我也还要去做的。"江宇飞说。

反正,江宇飞算是答应了。

这天,江宇飞以半是玩笑的口吻跟林晓理说:"董事长,我这个跟班的想去看看你的船运公司。"

"好啊,难得你得闲,又有那么好的心情。"

他们雇了一辆牛车坐着,一路慢悠悠到了水东。

在船码头,江宇飞看得很仔细,又询问客运情况,在周围转个不停,不时打量着这蔚蓝色的大海。

他自言自语:"天地恩赐,大自然杰作!"

我们飘荡的河流

　　林晓理不解地问:"你说什么?"

　　"我说这是天然良港,大自然的恩赐之物,不建船厂真可惜呀。"江宇飞说。

　　林晓理说:"在这里建船厂是有得做,但是,选址确实要认真考虑。这里沿岸水位低,修不了大船,今后难以有大发展。"

　　江宇飞说:"看来你蛮懂行的,你这几年做航运,对海还了解不少。"

　　林晓理说:"当然,我如果不学,倒怕辜负爸妈对我的期望。"

　　"这些年你为操持这个家,辛苦了。"江宇飞话锋一转,"如果要建厂,是要把厂放在离岸上远一点的位置,这才是高明之处。"

　　林晓理说:"建厂还需要技术人员,熟练的造船工,还要到海南、越南、缅甸等地采购木材,资金虽然不是问题,人才很是关键。"

　　"这一带沿岸上有几家修船的师傅,我们不妨去走走,同他们聊聊,可能学到更多东西。"

　　他们两人沿着沙滩慢走,沙滩靠海这边还是湿润的一片,走在沙滩上,不时有沙子被甩进鞋子里,走起路来磨得脚底皮肤怪痒痒的。走几步,林晓理又要脱下鞋子来敲掉里面的沙子,江宇飞只好放慢脚步等她。

31 潜水

"你干脆把鞋子脱掉。"江宇飞说。

林晓理按照他的提议,把鞋子脱了,走起路来果然顺畅不少,凉爽舒适,又没了痒痒的感觉。

江宇飞伸手想接过她的鞋子,帮她提着。林晓理看了一眼,就递给了他,还开了一句玩笑:"要劳烦大公子,真不好意思。"

"董事长都不顾及淑女形象了,我帮女士提一下鞋子算不了什么。"江宇飞说。

"你可别说,如果不是你在这里,我真不敢脱掉鞋子在这里走。"

"这就是骨子里的封建思想在作怪。释放自我,张扬个性,这是五四运动后大力提倡的反对封建礼教,可惜又过去了十多年,这些封建思想还在毒害人。"江宇飞说。

林晓理倒不作声了。她心里还在想:当初,你不就是这一大套的反封建,才连夜跑路逃婚的吗?

他们默默走了好一会儿,到了一档修船处。这些修船的地方都很简陋,靠海的地方搭一个茅屋,用原木做桩,下面挖一个船坞,涨潮的时候,把船推进来,修好后再推出去。日晒雨淋,天天如此。

林晓理跟他们打招呼:"周师傅,近来生意怎样?"

这个被林晓理叫作周师傅的名叫周大华,是这一带造船、修船的好手。林晓理的公司经营的是火轮机动船,平时跟他很少有往来，也有几次船舱上的小毛病找过他修理，跟他算是比较熟。周大华也知道林晓理是祥兴的老板，也听闻祥兴是同南安公司合作，后台老板是陈济棠，自然不敢怠慢。

"还过得去吧。林老板怎么得闲来光顾我这间小档？"他看到江宇飞后又说，"哦，你先生也来了。"

林晓理刚要说："他……"

江宇飞赶紧说："我刚从广州回来。"这是最高明的回答，不仅直接避开了这个话题，使林晓理避免尴尬，而且得体，也确是事实。

江宇飞问道："周师傅，你年间的生意都还可以吧。这里渔民很多，他们出海打鱼，需要很多船。"

周大华回答："确实是这样。我们本地需要很多船，本地又没有船厂，我们当地人都是到江门、广州湾一带买船。"

江宇飞问："如果开一间造船厂，不是很有生意吗？"

"这是稳赚不赔的生意，但资金投入大，一般人做不来。"周大华说。

林晓理说："你有技术，你可以开一间。"

"我就是缺少资金。"

"那我们合作，我出资，你出力，大家一齐赚钱。"

"林老板能看得起我，我一定勤力做。"

于是，他们就谈了合作的一些具体事宜。

32 / 海韵

　　基本谈妥开船厂的事，江宇飞同林晓理心情都非常愉快。夕阳西下，海水已经退潮，那些被海水浸过的沙滩还湿漉漉的。他们沿着海滩漫步，欣赏着夕阳晚景，寻找海边餐馆用晚饭。

　　靠近海边的人，经营餐馆的生意，往往在离海边不远的地方，这样，每天可以收购到生猛新鲜的海鲜。渔民每天傍晚出海，翌日凌晨赶海归来，捕获了一箩筐又一箩筐的新鲜海产品，鱼、虾、蟹，各式各样，应有尽有。那些摊商，特别是经营饭店的老板就会一大早在那里等待购买海鲜产品。这也是早晨最热闹的时刻。

　　这些商贩买到海鲜回到店里，就要及时放入盛着海水的缸里或盆里，在水里养着这些鱼虾蟹，只有活着的，才是最新鲜的。做餐饮，就讲究一个"鲜"字。

　　夕阳下的海滩，没了早晨的喧哗嘈杂的热闹交易情景，

我们飘荡的*河流*

只有悠然或劳累一天的人们在享受这难得的宁静。他们选择了一个餐馆坐了下来，真正是凉风习习，海风送爽。店靠着大树，挺拔的木麻黄遮天蔽日，坐在这里，看着这无边的大海，心情真是舒畅。

"真是难得的清静，颇有偷得浮生半日闲的味道。"江宇飞感慨。

"我看你可能很久没有这么悠闲了。"林晓理说。

"这几年东奔西跑，确实很少闲暇去想很多问题。很多人和事都像一阵风一样飘过去了。想想自己一转眼，已年近不惑，真是虚度光阴啊。"江宇飞说。

"每个人在不同时段的想法也不同。"

"那你这段时间最大的想法是什么呢？"

"我当然是要把家里的生意做好，这是生存之道，上有老，下有小，我还能怎么办。"

"晓理，这几年多亏了你，没有你，我们这个家是撑不下去了。如果能够，我真愿意同你一起好好经营这个家，把生意做好，造福人民，造福社会。可惜，我做不到，我是有组织的人，我们要随时服从组织的决定。"江宇飞说。

"我知道，你是做大事的人。"

"我是劳碌命，闲不住的人，注定一生奔波不定。我当初逃婚、出走，也是不想牵累你。"

"那都是过去的事，没有谁对谁错。"

32 海韵

晚饭后,他们一同走回来,不一会儿,便到了忠良街。那时的水东,只是一个渔村小码头,就一条忠良街最繁华,街上只有一家客店——南华客店。

他们步入客店,老板迎了出来:"请问你们是要住宿吧?正好还有一间。"

"生意那么好。"江宇飞随口说,又打量了一下,这是典型的南方骑楼砖瓦式建筑,有三层楼,在这个地方已经是最高的建筑了。"你们这里有三十多间房吧。"

"我们有二十八间房,这是最后一间了。你们要吗?"

"我们是想要两间的。你们……"

林晓理赶紧拉了一下江宇飞的衣角,示意他不要再多说,就开这一间。

客店老板带他们到了三楼的房间,楼梯是杉木的,客店地板也是木板的,漆了桐油,显出棕褐色古典古朴的格调,走在地板上,咚咚作响。

他们把行李放下来,就要冲凉。南方天热,又是在海边,海风湿润,咸气味也重,全身黏糊糊的。冲凉的地方设在一楼,人多,还要排队。

电力不足,只有楼梯间一盏昏暗的汽灯,摇晃着。江宇飞陪林晓理到了一楼,让她先排队冲凉,好在不久就洗漱完毕。

江宇飞也很快搞掂了。

我们飘荡的河流

回到房间来。江宇飞走南闯北,什么事都经历过,唯有这场景让他困惑、纠结。

江宇飞说:"今天走了一天,很累了,你早点歇吧。我在地板上对付一下就可以了。"

林晓理倒落落大方:"这是天意呀,你看,为什么单单就剩下一间房了呢?你为什么那么难为自己呢,我是那样令你讨厌么?"

江宇飞把头转向林晓理,正看到她含情脉脉的眼睛,他下定决心:"我不会再出逃了,我已经逃跑了一次,我不会再逃第二次了。"说着,他走了过去,抱住这个那么熟悉又那么陌生、那么远又那么近的女人。

夜很深,他们的房间里依然不停传来呢喃声。

33 新生

十个月后,一个新生命诞生。

最欢喜的自然是江广明夫妇,这是他们的第三个孙子,还是个可爱的女孩子。

当他们知道林晓理怀孕时,周全英还张罗着要给江宇飞和林晓理他们办婚礼呢。

"妈,你就不要让我再丢人现眼了,都羞死人了,你还要怕人不知吗?"林晓理说。

"羞什么,你是我儿媳妇,本就是和阿飞订的婚,现在是续了前缘,真是老天有眼,看来是你的终归还是你的。"周全英说。

"这事还得从长计议,从我的角度说,我很愿意给晓理一个名分,但我是有党组织的人,我的婚姻要经党组织批准,而且,我工作不稳定,漂泊辗转,也不能长久在此乡间厮守。"江宇飞说。

我们飘荡的河流

"你这小子,就是个冷血动物。"江广明对他的儿子骂道。

最后商量的决定是,为避开人们的议论,趁现在人们还看不出来,让林晓理回到蟾坝村老家安胎生产。这期间,江宇飞也经常回去探望她。

当这个小生命来到这个世界,江宇飞给她起了一个名字——江振华。

三天以后,江宇飞接到党组织的指示,前往广西南宁,同蔡廷锴接触。此时,蔡廷锴已从广东经香港进入广西南宁,宣布恢复十九路军,在广西的报纸和香港的《大众日报》《珠江日报》同时发表宣言:

> 我们应海内外同胞的要求,李(宗仁)白(崇禧)两总司令的邀请,来桂集中,恢复十九路军建制。当前,日寇侵略凶焰已进入华北,形势日益严重,只有积极抵抗,才能救国于危亡,所有十九路军将士,迅速来桂集中,一俟整编就绪,即开赴抗日前线。

蔡廷锴在南宁成立十九路军总指挥部,自任总指挥,恢复三个师的编制。江宇飞进入其教育团任教育长。

林晓理产后也迅速进入工作状态,对外则声称江振华是其收养的孩子。

林晓理要做的,首先是要把造船厂办起来。她这期间一

33 新生

有空就往水东跑,从高州城到水东往往要走两三个小时,甚至有一段时间她在水东住了下来。那条忠良街,南华客店,这个她同江宇飞留下爱情结晶的地方,住在这里,她都会想想:此时此刻,自己心爱的人在哪里呢?

那是一段甜蜜的日子,她做起事来,觉得有参考,也有人商量,现在,没有谁可以商量,只有自己做决定。再大的事也只有自己扛,她只祈求自己心爱的人平安就好。

她也想通过工作来排遣心中的思念。

她要尽快把厂建起来。

她不怕日晒雨淋,同周大华在沿海察看。周大华驾着小舢板,同她一起在周围海域游弋,寻找合适的地方。太阳老高,林晓理累得汗流浃背。周大华看到后说:"林老板,像你这样勤劳的老板真是难得啊。"

"我是劳碌命。"

两人在继续划着船。

周大华说:"这些地方不太合适,要么离岸边近,要么周围栅栏多,主要是海滩浅,淤泥多,挖掘难度大,成本高,又造不了大船。"

"那按你说,这里根本不适合建厂喽?"林晓理说。

周大华说:"林老板你信我好了,我长期在这一带海域活动,这里的一草一木我都了然于心,哪里海潮急,哪里缓,我再熟悉不过。我认为最好的厂址在对面的大洲岛。"

我们飘荡的河流

"大洲岛?"林晓理几乎不敢相信自己的耳朵。

"对,就是大洲岛。乍听起来,觉得不可思议。只要你算一算,就认为是最合理的了。在大洲岛建厂,路程较远,每天工人开工,要驾舢板走三公里多,这是对在这岸边而言的,但就这点不足而已。你想想,其他都是它的长处:一可造大船,岛周边是较深的海域。二是成本低。可在岛上的滩涂上挖个大坞,用箩筐装上沙子安放在坞两边,再用树木架在箩筐上。当船体雏形做好时,把它扛到树木上,然后用缆绳固定在两旁。大潮时工人在船面上干活,海水退潮后给船底封隙,充分节省工期,节约成本。如果是在这岸边建厂,则要使用水泥钢筋做船坞,水泥要从国外进口,至少要从广州购买运回来,你看看这成本多大。或者是用石块垒起来做船坞,但这石块却极容易伤了船板。三是岛上地方开阔,有广阔的地方堆放木料。你想想,建船厂需要那么多的木料,坤甸木、樟木、杉木,各式各样,还要有工人的作场,割木的、修整木板的、烘烤的、制风帆的、用桐油灰封隙的、抛光船体的,所以需要一个很大的工场。那个岛就是一个天然的大场地。四是工人上得岛来,就在这儿干活,不受外界影响。"

听周大华一口气说了那么多好处,林晓理由衷地夸奖道:"老周,真看不出,你很有一套想法,跟你合作真的是选对了人。"

"林老板过奖了。其实我这些想法也是一步步才形成的。

上次你跟我说,要跟我合作,我就在琢磨,既然你林老板这么看得起我,我就不敢怠慢了。我这段时间就反复在这一带看,多地考察比较,才选中此地的,没有你林老板的信任,我也做不好。"

林晓理同周大华又驾船到岛上实地观看。登上岛来一看,这岛有三平方公里左右,山上非常清幽,确实是天然的造船厂址。

"这是大自然的恩赐啊!"林晓理由衷地感叹道。

林晓理派其弟弟林晓光同周大华到海南、越南、缅甸一带采购木材。

祥兴造船厂就这样开张了。

两个月后,第一艘船造了出来。

我们飘荡的河流

34 / 御侮

1937年7月7日,日本帝国主义悍然发动了全面侵华战争。平津危急!华北危急!中华民族危急!中国开始进入全面抗战的阶段。

抗战烽火在神州大地熊熊燃烧。

日本发动全面侵华战争后,为封锁中国南大门和进占东南亚各国,1938年夏季起,加紧对广东的侵略。首先从空中进行轰炸,从广州到珠三角、潮汕平原、粤北山区、南路高雷钦廉地区、海南岛,无不遭受了敌机的狂轰滥炸。

鉴江大地,日寇的飞机不时侵扰,吴川、化县、电白、茂名等县城都遭到敌机的轰炸。高州城,学宫大成殿西被炸塌,中山路、仙桂街、永镇街的民众房屋被炸塌几十间,鉴江大桥的水闸也被炸崩了。

高州城采取了紧急疏散,茂名县公署迁往鉴江河的西岸,《高州民国日报》迁往城的东郊,高城中学等学校迁到附近

我们飘荡的河流

35 / 重逢

江宇飞组织乡村工作队走村串巷,深入开展宣传活动,忙碌奔走,不亦乐乎。更让他惊喜的是,在这个家乡的小县城中居然碰到一个意想不到的人,她就是自己的表妹周洪波。

周洪波原本在香港英华女学校读书,1941年12月香港沦陷后,她积极投入抗战救亡的活动,报名参加"香港青年学生爱国服务团",回到了茂名。

"小波,真的是你。我都不敢相信自己的眼睛,在这个小地方见到你。"江宇飞那天去接服务团的成员,没想到竟然有自己的表妹。

"飞哥,我自己也不会想到,是我自己强烈要求到茂名来的,我们服务团有到东莞、广宁、韶关等地的选择,爸妈本想让我到东莞,离广州近一点,但我要求来这里,可以见到你,父母拗不过我,只好同意了。"周洪波说着,露出灿烂的笑容。

梁昌东、梁弘道等以举办补习升学班为名，在高州城创办高文预备学校，宣传抗日主张和党的抗日民族统一战线政策，编印《抗日御侮》《焦土抗战》等抗日宣传资料。

江宇翔等在学校排练表演话剧《凤凰城》、教唱《义勇军进行曲》等，大力宣传抗战。

林晓道在报纸上发表文章进行宣传。这天，她刚回到家里，陆彪拿出一份《高州民国日报》甩到她面前，大声骂道："你这个八婆在报纸里都乱说什么东西，《抗日战争中我们要做什么？》，你这不是公然讽刺我们国民政府不作为吗？这是公然同政府对抗，这是很严重的政治事件，你要注意你的形象，不要经常跟那些共产党搞在一起！"

林晓道硬气地回应："现在国民政府有些人就是消极抗战，积极反共，我们写文章来宣传，鼓动全民抗战，一致对外，有什么不对呢？"

"你这是受了共产党的蛊惑，赤化思想，这是很危险的。"陆彪咆哮。

"你就是一只白额虎，光会叫。"因为，外面的人都叫他为白额虎，这绰号肯定也传到了他们夫妇的耳里，自然，林晓道以此来讥讽他。

"对，我就是白额虎，不但会叫，还会咬人呢。"陆彪气鼓鼓的。

两人不欢而散。

我们飘荡的河流

批爱国进步人士也在党组织领导下从事抗日救亡工作。

张炎真诚拥护中国共产党团结合作抗日主张，在中共党组织的帮助下，张炎在高州成立干教队，组织乡村工作队、妇女服务队、战时工作队、武装学生队，深入七区各县发动民众，宣传抗日主张。他到香港八路军办事处，请求共产党协助组织"香港青年学生爱国服务团"，壮大南路抗日自卫团干部力量队伍。他严厉打击资敌作奸分子、限制粮价、动员富商开仓平粜救济灾民，在南路掀起了轰轰烈烈的抗日热潮。

江宇飞被任命为乡村工作队队长。两人一见面就如老朋友一般，江宇飞说："将军声名显赫，如雷贯耳。"

"宇飞，你是大才子，抗战首先要发动民众，宣传很重要，你就负责乡村这块工作。我是大老粗，这个工作只能依靠你们青年、学生。"

全国军民抗战情绪高涨，连雷风寨的匪帮都走出了大山，接受改编，加入抗战行列，成立民众抗日自卫团独立大队，听从张炎将军调遣，过山风为大队长，马化开、牛筋为副大队长。

当江宇飞在司令部见到过山风时，还不忘跟他开玩笑："雷大当家的，居然肯出山了，真是破天荒呀。"

过山风说："打东洋鬼子，我们也有一份责任。在战场上真刀真枪跟他们干，就是把这一百几十斤报废了，也不枉了这一世英名。"

34 御侮

乡村办学。城内一时间行人稀疏，街市萧条，经济凋敝。

江家、林家贸易生意自然大受影响，船运生意也减少了很多，橡胶园工人不敢开工。女眷们不得不暂时搬回乡下居住。一时间，蟾坝村的江家大院、蜂筒堡林家大院倒难得地热闹起来，不像平时那般显得冷冷清清。

江广明、林晓理等继续留守高城，照看祥兴生意。江振人、江振民都要到十多公里外的乡间上学。

敌人的暴行激起人民的怒火，鉴江大地全民动员起来，投入了抗日救亡御侮的伟大战争中。

在茂名县政府圣殿坡，工人、农民、知识界、商团、开明绅士等各界代表举行集会，成立茂名县抗日救亡御侮委员会。茂名县商团也被武装起来，江广明、林崇业、林晓理积极发动商会捐款捐物，购买枪支，保家卫国。

原十九路军爱国将领张炎回到其家乡吴川成立广东省民众抗日自卫团第十一区统率委员会。1938年10月，成立广东省民众抗日自卫团十一区司令部，迁到高州城鉴江西岸红花庙。不久，改为广东省民众抗日自卫团第七区司令部，张炎任司令。

随着全民抗战的开展，抗日民族统一战线的确立，中共广东省委恢复了南路党组织，成立中共高雷工委。江宇飞回到南路，陈信材、梁昌东、梁弘道等一批党员相继恢复党员活动，或秘密加入党组织，彭中英、车振伦、方民杰等一大

35 重逢

"你又不预先写信告知,使我心里有个准备。"江宇飞说。

"我就是要让你有个意外惊喜。"周洪波调皮地说。

周洪波随服务团成员在益寿庵附近的民房里住下来。

周洪波等服务团成员随即投入到繁忙的宣传工作中。他们在县城、各地乡村进行宣讲,贴标语、宣传画,传授救护知识,进行防空演练等。

一天,周洪波跟江宇飞说:"我回来有好一段时间了,还没有去你家报到,看望大姑妈,他们要怪罪我了。"

"可不是,我爸妈他们可想念你,我前几天跟他们说你回来了,他们就一个劲催着我要把你带回去呢。"江宇飞说。

周洪波到高城祥兴江宅,又回蟾坝村江家大院,见到江家一家人,他们真是欢天喜地。

"小波一转眼就变成大姑娘了。"最欢喜的就是周全英,她双手抓紧周洪波的肩膀,左右打量,看个没完。

"小波长得真漂亮。"林晓理说。

"表嫂才是美人坯子,又大方又漂亮,做事得体,我爸妈私下一个劲夸你呢。"周洪波说。

原来周洪波是第一次从省城回到这里,前两次林晓理到广州办事,到她家时都没有见着她,所以有此一说。

当他们知道周洪波同服务团成员一起住在外面的民房时,都劝她回来这里住。

我们飘荡的河流

"你不回来住,我们不好向舅舅、舅母他们交差哟,怕对你照顾不周。"林晓理说。

"外面吃饭不准时,还是住回我们这里方便。要不,恐把你身子累坏了,你这一身子单薄得很。"周全英说。

"谢谢姑妈、姑父、表嫂,我在那里比较适应,况且有飞哥关照,你们不用担心,我以后会经常回来蹭饭的。"周洪波说。

服务团都是一帮青年学生,他们同乡村工作队、妇女服务队等联合起来,组织排练剧目,在街头、乡村演出。这天,江宇飞带着服务团剧组到茂北的大井乡演出。因为下雨,路途泥泞不堪,这一行人比预计的时间晚了许多才到达大井墟,他们在集市、街边进行了几场演出,又前往附近的村庄表演,都受到热烈的欢迎。

不知不觉中,天渐渐黑了下来。他们在村子里生火做饭,吃完后,天已经完全黑下来。

他们要连夜赶回高城。

偏偏这时又下起雨来。

他们翻山越岭,在穿过一个山冈时,只听到周洪波"哎呀"叫一声,她的脚被什么东西狠狠咬了一下,痛得她立即蹲了下来。当打着手电筒的灯光扫过去时,只见一条黑黝黝的蛇倏地就飞蹿出去了。

"怎么啦?"随后的江宇飞三步并作两步冲了上来。

35 重逢

"周洪波被蛇咬到了。"有人在黑夜中回答。

江宇飞蹲下来察看伤口,只见周洪波的小腿上被咬了一道深深的伤口,两个蛇齿印非常清晰,一丝丝的血迹正从伤口流出来,裤腿上都被咬破了两个小洞,可见是一条不小的蛇,凶狠有力。

江宇飞马上从随身携带的水杯里倒出水来,反复地清洗伤口,然后俯下身子,伸出头来,嘴对着伤口,用力吸吮伤口的血。

这时,周洪波猛地抓紧他的头:"飞哥,不要,有毒,会连累你的。"

有人也劝说:"江队长,这很危险,还是送到县医院再说。"

"来不及了,已顾不得那么多,等送到医院就耽误了时间。"江宇飞说完,就毫不犹豫地对着周洪波的伤口用力吸吮,然后把吸进嘴里的血水又吐到地上。

这样反复来回,直到伤口不再流血。

江宇飞又交代其他队员赶紧回高城,向司令部报告,派车前来救护。然后,他背着周洪波走到冈下的小村子,走进一户人家,简单说明了一下情况。

村民知道他们是服务团成员,热心地安顿。那位大叔察看了一会儿伤口,又问了几句,了解一下情况,然后说:"真是太巧了,我们村中刚好有一个郎中。"他随即叫来村中那

我们飘荡的河流

位郎中。郎中看了一下伤口，拿出一小瓶药粉涂抹在伤口上，然后又开了一个方子，叫他们回到城里后再拾药煎服。

"后生仔，幸好你处理及时，对伤口冲洗、吸吮，已大大减小了毒性，坚持每天敷药一段时间，再服用水药，就没有大碍了，过一段时间就会痊愈。"

郎中交代完告辞后，村民大叔说："幸好你们到我们这个村子，那位郎中最拿手的正是诊治狗、蛇咬伤呀。到其他村子可能真的不那么好彩了。"

这真是不幸中的万幸。

虽说是夏天，但经过雨水淋湿，周洪波一身单衣，仍然感到阵阵凉意。江宇飞让周洪波把上衣脱下来，把自己的衣服给她穿上，生起一堆火，把湿漉漉的衣服烤干。

周洪波看到江宇飞在忙这忙那地干着，她一边为深爱着的这个男人对自己的默默付出所感动，一边又担心自己中了蛇毒，不知能否治好："飞哥，你说，我这个蛇毒还有得救吗？"

"傻瓜，别胡思乱想了，刚才郎中不是说了嘛，你伤口的大部分蛇毒都被吸出来了，按照医生的吩咐做好敷药就很快好的。"江宇飞安慰她。

"我怕是郎中宽慰我们，不跟我们说实话。"周洪波说。

"不会的，村民都很实诚，有啥说啥，不会蒙骗我们。你一定会很快好起来，我们还要看到抗战的最后胜利呢。"江

35　重逢

宇飞说。

"飞哥,能和你在一起多好,有你在我身边就什么都不怕了。"周洪波说。

"吉人自有天相,我们为民族的抗战、为人民的利益奋斗,老天会在冥冥中帮助我们的。"江宇飞说。

"看不出,你倒迷信起来。"周洪波说。

"这不是迷信,这就正如古人说的'得道多助,失道寡助'。我们的抗战得到全世界大多数正义国家的支持,日本法西斯侵略者一定会被人类正义所抛弃,他们的侵略战争注定会失败,这是毫无疑问的。"江宇飞慷慨激昂地说。

"飞哥,你说得真好,你的话使我身上充满了力量,跟你在一起,我没有了恐惧,我愿一直就这样跟你待在一处,就我们两个人,静静听你讲下去,这是多么幸福的时刻啊。你知道吗,刚才我一听到被毒蛇咬到,我的头脑瞬间一蒙,感觉自己的生命就要完了,在那一刻,我的内心是多么不甘,我就这么死了吗?我还没有轰轰烈烈去爱,我还要同自己心爱的人结婚,生很多孩子,看着他们慢慢长大,然后自己慢慢老去。经此一劫,我知道生命是多么脆弱,所以,我不想隐瞒,我一直爱着你,飞哥哥,你知道吗?正因为知道你在茂名,我才要求回到这里来。"周洪波一口气说了一大通,把她想说的都说了,说完,觉得浑身舒服了许多,真的好像就全好了。

我们飘荡的河流

"波妹,你还小,现在还是战争时期,生离死别,旦夕之间。我何尝不想同村民百姓一样,日出而作,日落而息呢?和平幸福的生活是我们这一代人的奋斗目标,还要让千千万万中国人都能过上和平幸福的生活。所以,为了这个目标,我们很多时候只能忍住自己的感情,甚至舍弃自己的爱情。"江宇飞说。

"我不管,等伤口好了后,我就向姑妈和我父母提出来,要同你结婚。"周洪波固执地说。

"别耍性子了。表兄妹成婚在古代可以,但现代社会已经不允许了,这个理性是要有的。我们共产党人崇尚信仰,重视感情,但也尊重伦理,追求理性。"江宇飞开导她。

"我不管……"周洪波依然固执地说。

好在,司令部派来的吉普车到了,把周洪波抬上车子,开回高城医院,打了一针。

为了便于照顾她,江宇飞让她住到江家。

36　奸商

1938年7月后,日本帝国主义决定聚集一切力量发动攻取武汉及广东的战役。10月12日,日军在惠阳大亚湾登陆,开始对广东陆地的侵略。21日,占领广州,随后进占从化、佛山、虎门及珠三角各地。翌年,又侵占海南岛、潮汕、钦州湾、防城和钦县等。日军控制广东中部和东西两翼之后,以扩占战略据点、打通交通线和夺取经济资源为目的,向全省各地发动无数次军事进攻或"扫荡"。

一些汉奸走狗也瞄准一些奇缺物资,囤积居奇,或是勾结日本特务,偷运情报、物资,大发国难财。

电白电城商会的黎仲就是一个典型的例子,他利用沿海的盐池,哄抬物价,人民怨声载道。

而此时早有两双贪婪的眼睛在盯着这发财时机,一个就是茂名县县长梁超群,另一个就是陆彪。

这天,梁超群叫来县政府总务主任白开源,装模作样地说:"现在是抗战特殊时期,这段时间,盐价飞涨,人民怨声载道,电城商会黎仲会长把持盐业生意,垄断经营,他的利南商号在我们茂名县境赚得盆满钵满,我们要加收'黎老龟'的税。"

梁超群放出了话,白开源赶紧向陆彪通风报信。原来,陆彪早就想插手盐业生意,一直没找到借口,他也曾放出风声,要对盐行进行彻底查办。他知道,他的放话自然会有人传到黎仲的耳里,姓黎的一定会上门找他。这次又有梁超群发话,更是敲山震虎的一个绝妙时机。

"看来,发财的机会来了。"陆彪心里暗暗得意。

瑞兴楼二楼"桂圆"的包厢房里,黎仲约了陆彪、白开源、朱仲荣、韦润庆等人在吃饭喝酒。

陆彪首先对黎仲劈了个下马威:"这次梁县长发话了,说你黎老板大发国难财,从电白沿海一带收购海盐,囤积居奇,高价卖到茂名、信宜一带山区,鱼肉百姓,县长指示我们警局要严办。"

黎仲连忙辩解:"哪里,哪里,局座明察,我们利南商号循规蹈矩,守法经营,没有鱼肉百姓的行为。"

陆彪说:"现在是全民抗战,有钱出钱,有力出力。利南商号是境内大商家之一,你黎老板又是电城商会会长,理应带头捐款捐物,支持抗战。"

黎仲说:"我们利南商号在境内经营,得到政府大力扶

36 奸商

持,特别是局座大人关照,我会坚决支持抗战,带头捐款的。警局保境安民,巡逻守护,才使得民众生活有序,局座大人更是劳苦功高,黎某无以叩谢,这里是十根小黄鱼(金条),请局座笑纳。"

陆彪假装推辞了一下:"无功受禄,不好意思。"

"应该的,应该的。"黎仲赶紧用手推了回去,他知道陆彪可不只是一头简单的狼,更是一只胃口极大的老虎,但人在屋檐下,怎敢不低头呢,只能是打掉牙齿和血吞,小钱不出,大钱不入嘛。

朱仲荣说:"这是黎会长的一片真心,局座就不必客气了。"

"对,彪哥是我们的老大,我们能在这里做下去,还得依靠警局,彪哥够兄弟,这点小意思不在话下。"韦润庆也附和道。

朱仲荣又鼓动说:"现在是非常时期,生意难做,我的烟馆现在都淡了很多。政府不时欠警局薪水,局座和同僚们日子难挨,陆局座要早想办法,发点小财,帮补帮补。"

"我和同僚们的日子难挨,是要早想门路。"陆彪说。

黎仲说:"局座既然说到这份上,那我就打开天窗说亮话,我同广州那边有点生意往来的,食盐、乌矿都很需要。如果想合作,不用彪哥出面,睁一眼闭一眼就行。"

黎仲说的"那边",他们都心知肚明,指广州沦陷后,日军扶植成立的"治安维持会"汉奸政权。当时,"广州维持会"会长是吕春荣。吕春荣曾任邓本殷部的师长兼高州善后处处长,被革命军打垮后,吕春荣落魄潦倒,回到廉江老家。后来日寇侵占广州,吕春荣逃到广州,投敌卖国,公开做了汉奸。黎仲同其勾结成奸,进行食盐、乌石等交易,助敌求荣,大发国难财。

"这可是很赚钱的呀。"韦润庆说。

"这风险也极大,我可以打马虎眼,但其他武装可不敢打保票,特别是张炎,此人很犟,他的民众抗日自卫团现在风头正盛,惹他不得。"陆彪说。

当下,这几个奴颜婢膝、没有一点骨气的汉奸走狗沆瀣一气,密谋着肮脏非法的贸易勾当。黎仲同意拿出百分之三十的股份来孝敬梁超群、陆彪。

他们还想到一条毒辣的所谓瞒天过海的计策,就是利用林晓光出面,租用祥兴号商船运送货物。

"这真是太好了。"韦润庆说,"这真是一石二鸟,一来,你这个小舅子牛高马大,极有体力,他出面带领那几个喽啰,可以管得很掂当。二来,祥兴是个金字招牌,它的商船在这百里鉴江上行走,远航到广州、四邑一带,均能畅通无阻。由林家三小子出面,极易租到一条船,大家知道他是江家大少奶的弟弟,也更好办,还避免了我们出头的风险。真是妙、妙、妙!"

36 奸商

林晓光被他们拉拢了。隔天,他来到大姐处,要求租一条船:"家姐,我看这年头食盐是紧缺货,生意很好,我想同利南商号运点货,租一条船给我。"

林晓理看着这年幼的弟弟,觉得他如今长大了,看起来成熟了许多,他现在有这个想法也很好,就说道:"你能这样想就很好,只要你好好经营,我就是无偿给条船你用也无所谓。"

林晓光仗着家里富裕,惹是生非,无所事事,家里人都无能为力。所以,林晓光自己能生性地做好工,自食其力,这当然是最好的。但林晓理有所不知,这正是陆彪、朱仲荣、韦润庆一伙利用她的好心,打起林晓光这个亲情牌来欺骗她这个大家姐的。林晓理当然并不知内情。

这帮人知道林晓理是开船厂的,调用一条船是分分钟的事。

林晓光利用这条船开始同利南商号进行运输,可他不知道,这是一条罪恶的不归路。

我们飘荡的河流

37 / 探矿

一波未平,一波又起。

时令刚入秋,南方酷暑还未消退。

茂名南部油甘坡,迎来了几个不速之客。这几个人乘"海建号"从广州来,到达水东后,住进了南华客店。翌日,一辆牛车把他们拉到了油甘坡。

油甘坡,一座荒凉的山坡,这一带山峦光秃,草木难长。这几个可疑之人,鬼鬼祟祟,来这荒凉之地干什么?原来他们却是大有来头,非同一般。

这是日本帝国主义侵略者勾结汪伪汉奸走狗干的勾当,他们以汪伪南京国民政府广东省建设厅的名义,派人来勘测油母页岩。油母页岩,是一种可炼油的矿石。日本帝国主义发动全面侵华战争,由于本国资源匮乏,物资紧缺,要支撑庞大的战争费用开支,必须加紧掠夺我国资源,以达到所谓"以战养战"的战略目的。

37 探矿

当时,由于技术等原因,我国一般平民百姓对这种矿石知之甚少,也不知道它蕴含的惊人战略价值。本地人只知道这种黑色的石头可燃烧,小孩在野外放牛时,有时还用它来"窑番薯"。他们把这种石头叫作"乌石"。

这一行三人,省建设厅一吴姓组长、一个翻译、一个日本人,他们雇用当地农民给他们打井,在金塘、羊角等地打了十二口井,取土进行化验。

他们在油甘坡一带搭起帐篷,住了一个多月,早出晚归,白天在野外挖掘,比比画画,晚上回来生火做饭。因为在野外荒坡上,他们的活动开始也没有引起村民的警惕,当地村民也不知道他们要干什么,只是觉得这帮人有点可疑和奇怪。直到有一天,他们在金塘村一个祠堂的前面打井,当地村民出来阻挠,事情才暴露。

村长问:"你们这是要干什么?在这里乱挖,破坏了我们村的风水。"

"我们是省政府派来的调查队,据你们当地政府报告,这里的土壤有毒,我们受命来取土化验检测,这也是政府关怀黎民百姓,为你们生活安全着想。"那个戴眼镜的翻译说。

一个村民说:"我们祖祖辈辈千百年来生活在这片地方,从来也没有听说这泥土有毒,最近也没有听闻中毒死人的事件,你们这是危言耸听,扰乱民心。"

"我们受命而来,大胆刁民,你们胆敢聚众滋事,严惩不贷,休怪我们不客气!"为首的吴姓组长气势汹汹地说。

"我们不管你哪级政府派来的,在我们地头里到处乱挖,挖坏了我们地头的龙颈,就是不行。"村民不依不饶。

"再在我们村子里开挖,我们就烧毁你的设备。"

"把他们抓起来!"

村民群情激愤。

这几个人根本不把这些村民放在眼里,照样我行我素。第二天,村民把他们的探测仪毁坏了,还把人捆了起来。

这下事情闹大了。

一大早,村民就把这帮人扭送到茂名县政府门口。

梁超群见一大早就有一大帮村民聚集到了县政府大门,心里极不爽快,开口便骂道:"草包,一大清早就放这帮刁民进来,在政府门前吵吵闹闹,成何体统?"

侍卫赶紧说:"报告县长,事情有点蹊跷,村民说这几个人行为诡异,这几个被捆绑来的人则口口声声说他们是省建设厅探测队的,公务在身。村民是干涉公务,罪加一等。"

梁超群说:"有这等事?我要见见他们,看看他们的真面目。"

梁超群见了他们:"听说你们是省政府人员,有何公干,为何不向当地政府通告?"

"我们是省建设厅派来的,敝姓吴,另两位一个是翻译,一个是专家。这帮刁民胆敢捆绑官员,理应重处。"为首的吴姓组长开口说。

梁超群接口道:"既是公务,何不知会地方政府?"

"我们是秘密行动,不便透露行踪!"吴组长说。

梁超群看了他递来的公函,果然有"机密"字样,里面有"省建设厅探测队公干,所到之处政府、军警应予以配合"云云,然后说:"既然你们是上峰派来的,到梁某所辖之境,梁某定当全力配合。闹事刁民,我们会全力弹压,做好安抚。吴组长辛苦了,梁某今晚设宴压惊,权当赔罪。"

当晚,梁超群设宴好肉好菜招待他们。

梁超群指示警局前往弹压平息。第二天,陆彪亲自带了警队,到该村集合村民训话,他恶狠狠地说:"现在国家处于危难之际,全民抗战,省政府派员勘测土壤,上峰有令,村民须全力配合支持,不得阻挠。谁胆敢违命,别怪我陆某不客气。"

梁超群、陆彪虽然平息了村民的闹事,但这件事也在县中一些地方传开了,在不同的人心里荡漾起涟漪。

梁超群、陆彪他们意识到这是发财的好机会,抓紧时机。

"看来'黎老龟'是有眼光,之前他说食盐、乌矿有得做,看来乌石比食盐更抢手,你看这日本人都在虎视眈眈。要'黎老龟'放手做,大胆干一场。"梁超群对陆彪说。

"这乌石真是个宝贝。"陆彪说。

江宇飞是过了很多天才知道这件事的。他回到家里,在

我们飘荡的河流

饭台上,闲聊中,林晓理说到这事。

林晓理说:"前些天金塘村有村民闹事,听说是省里派来的探测队,挖了他们村的龙颈,村民不服,把他们抓到县政府,陆彪率警队前去弹压才平息事态。测土队里面还有日本的专家,搞得沸沸扬扬。"

"日本专家?"江宇飞敏感地意识到问题的严重性,便追问,"这是谁说的?"

林晓理说是林晓道无意中从陆彪处听来的。

江宇飞沉吟了一下,像是自言自语,又像是分析:"这肯定没那么简单,日本专家?日本人参与其中,一定是不安好心。难道是在探矿?"

他赶到七区民众抗日自卫团司令部,向张炎司令报告了自己的分析。

江宇飞说:"我们要组织民众抗日自卫团的人监视这伙人的行踪,弄清楚情况,把资料拦截回来,决不能让它落入日本特务手中。"

张炎于是组织民众抗日自卫团干部开会,研究决定挑选几个队员,化装成放牛的农民去接近这帮人,侦察情况。

经侦探,事情比较清晰,是电城商会会长黎仲勾结日本侵略者所做的勾当。

黎仲的儿子黎乃英在日本早稻田大学读书,学习的是矿物学,回国后进入广东省政府建设厅。日本发动侵华战争后,

37 探矿

他的一个同学宫本也来到广州,开设文化书社,表面上从事文化研究、古玩收集的工作,实际上从事的是搜集情报、探测矿藏等特务工作,这就是他的真正目的。

宫本诱导黎乃英同他一起做矿物生意,他说:"现在帝国进行战争,需要很多物资。高雷一带的油页岩矿等储量丰富,这是帝国最急需的战争物资,同我们一起回去探测,将来帝国开采,对你家族的生意有大大的好处。"

这几个人经过一个多月的探测,估计已经绘制完成了矿藏地图,各地的矿石样本也基本取齐了。

侦探人员回报说:"据帮他们做饭的老董说,他们已经结了工钱,明天他们就到水东搭船回广州了。"

了解情况后,抗日自卫团决定进行伏击。

他们在水东牛架岭设下了埋伏。

结果,自卫队还是扑空了。他们三人在结清工钱的当天晚上,就直接雇人把他们拉到鉴江上船,直下吴川,转回广州。

江宇飞得知伏击未果,狠狠地捶胸:"这帮家伙跑路了,这是个巨大的损失呀。"

我们飘荡的河流

38 / 锄奸

一定要给汉奸走狗狠狠一击。

民众抗日自卫团决定打击汉奸走狗的嚣张气焰。

丹桂飘香,中秋节日,喜气洋洋,尤其是大户人家,更是大鱼大肉,糕饼成山。农历八月十六这天,是黎仲父亲的生日。中秋节连着生日,还是黎父八十大寿,做儿子的准备大摆宴席,广邀达官贵人,搞得热热闹闹,显示他的威风和阔绰。

民众抗日自卫团打探到这个消息后,决定就在黎父生日这天动手。

他们研究后,决定兵分两路,一路由江宇飞、方民杰带一个行动队直奔电城黎仲家进行枪击行动,另一路由过山风、牛筋组成伏击队,在水东至吴川一带埋伏,伏击日伪的运输队。

方民杰说:"黎仲既然给父亲大摆生日宴,这天官场和商界一定有不少人参加,这是他们相互吹捧、站台、显摆的好机会,这帮人自然不会放过。我听说梁超群、朱仲荣等都在受邀之列。"

江宇飞愤愤地说:"梁超群、朱仲荣这些人都是革命的叛徒,朱也赤同志被捕杀害,就是他们告的密,这些人现在又作奸犯科,勾结日本鬼子,出卖民族利益,我们一定要狠狠教训这帮恶贯满盈、卖国求荣的汉奸狗腿子。他们蛇鼠一窝,正是消灭他们的千载难逢的机会。"

方民杰说:"我们就是要打出我们民众抗日自卫团的威名来,震慑敌人,大快人心,让老百姓喝彩。"

江宇飞、方民杰挑选了十名精壮小伙子组成锄奸队员,他们个个身体壮实,武艺高强,身手不凡。

他们决定先实地进行侦察。

大榜墟,一个电白同阳江交界之地,虽地处边陲,却在两县交界,人来人往,颇是热闹。此处是茂名、化县、电白一带乡民出行前往广州、澳门等地的必经之路,也是珠三角一带商贾、行人前往高雷、合浦、海南岛等地经过的要道。这里离电白县城电城镇和博贺渔港非常近,博贺渔港盛产海鲜,每天早上从鱼贩手里运到这里,形成了热闹的海产品集市。特别是黎仲在这里建了一栋别墅后,此地更是声名在外。

大榜墟日,人声鼎沸,熙熙攘攘,江宇飞、方民杰同队员化装成普通百姓模样来趁墟,伺机侦察。黎家的别墅就耸立在十字路口的位置,一栋三层高的洋楼拔地而起,非常显眼,占据着整个墟的最高点。前面有大门,后面是一个大院子,占地有四五亩,平时有两个兵丁守护。

江宇飞说:"确实是易守难攻,看来靠硬攻不行,只能智取。"

队员"大颈禄"说:"这里位于墟上,得手后撤退非常容易,应该不是问题,关键得想法子混进去。""大颈禄"名叫柏禄,因为颈大,大家就给他起了这个外号,他是胆大心细的人。

江宇飞一组三人进入墟中一个菜市场,在里面的一个摊档前蹲下来,跟卖菜的阿婆聊起来:"阿婆,你们在这里卖菜,黎家平时都有来跟你们买菜吧?"

阿婆听到说起黎家,话题就多了:"黎家家大业大,他们看不上我们这些小本生意,他们平时都有专门的商家送货,有厨子专门做饭的。"

江宇飞问:"黎老爷做生日,往年都很威风吧?"

阿婆说:"这个真是无得弹,黎老爷他们儿孙满堂,要官有官,要财有财,特别是老二黎仲,生意做得好大,金银珠宝堆积如山。往年黎老爷的生日都是大摆宴席,舞狮、飘色游街、请戏班唱戏,好不热闹啊。"

江宇飞又问:"平时一般是请哪里的狮队和戏班来呀?"

阿婆答:"这个说不准,一般都是吴川的戏班多。"

38 锄奸

这趟侦察,收获很大,各组将汇集来的消息进行分析,你一言我一语在献计献策。

最后,锄奸组决定让"大颈禄"打入吴川戏班,作为内应。吴川商会会长陈华章正是"大颈禄"的表哥,经他保举,"大颈禄"很顺利就进了戏班。

一个月很快就过了,转眼就到了农历八月十六这天,大榜墟确是人山人海。黎家大院里,前来送礼祝贺的人不计其数。为增加气氛,上午十点多钟,戏班表演就开始了。

"咚咚咚,锵锵锵,咚锵,咚锵……"锣鼓喧天,吸引了很多看热闹的乡民。

为了显示亲民,黎家撤了门岗,大门打开。这真是给锄奸队提供了绝好的时机。

中午开餐时,亲戚朋友都到齐了,许多达官贵人也来了。梁超群在几个警卫人员和一班哈巴狗官的簇拥下到场了,还有朱仲荣,这两个双手沾满共产党人鲜血的革命叛徒、汉奸,现在正是新账旧账一同清算的大好机会。黎家老爷穿着大红袍子,坐在桌子中央,大家前来拜寿。礼金放在大盒里,各种礼品摆放在院子里,堆成了一座小山。

黎仲同来人一一打招呼,作揖打躬,应接不暇。

开餐时,黎仲站到搭起来的舞台上说:"各位亲戚朋友,今天家父生日,承蒙大家光临捧场,万分感谢……"

此时,全场都在听他讲话,几乎没有一丝声响。就在此时,只听"叭"的一声枪响,黎仲应声倒下,血流如注,喷涌不停。

人们还未反应过来,"大颈禄"又往主台丢出一颗手榴弹。人们四处逃窜。江宇飞、方民杰等在大门口开了几枪。趁人群混乱之际,"大颈禄"冲出大门,同队员会合,冲出街道,消失得无影无踪。

他们在街道上奔走,一路不停地散发传单:

"打倒日本帝国主义侵略者!"

"惩治汉奸卖国贼!"

"黎仲罪有应得!"

"朱仲荣死有余辜!"

"梁超群罪该万死!"

锄奸队奇袭成功,取得了胜利,打死了黎仲、朱仲荣,梁超群受了重伤,被炸断了手臂,被抬到广南医院后又转到广州医治,虽保住了性命,却落下了残疾。

伏击队也取得了胜利。

过山风、牛筋带领队员到了海边,他们选择在水东到吴川交界的狗头山海域进行伏击。狗头山,是一个形状似狗头的突出海边的小山头。它的对面海中是一个微型小岛,约一平方公里。民间说这里的地形是"狼狗戏珠","狗头"与"岛珠"之间相隔几百米,形成一条天然的水道,船只从此间穿梭而过。伏击队一小队由牛筋带领,预先埋伏在小岛上,

38 锄奸

过山风带领一小队埋伏在狗头山上,等待日伪运输船只过来。两队一齐开火,三下五除二,把他们干掉,抢走他们的货物,速战速决。

两艘运输船,每船四个日本兵押解,每船配备一挺机关枪。战斗打响后,伏击队虽然只有一些长枪,但集中火力,猛烈开火,把敌人打得措手不及,不到一小时就把敌人全部歼灭,大获全胜。这是民众抗日自卫团成立以来歼灭日寇最多的一次。

锄奸队的奇袭成功和伏击队的歼敌,不仅使汉奸、走狗、卖国贼惊恐不已,还大大激励了南路人民的抗日斗志,在南路地区引起了极大震动。

我们飘荡的河流

39 / 恐慌

当时在茂名大地同样引起极大震动的还有一件事,就是麻风病。这不亚于黎仲、朱仲荣被击毙,而且还一度引起恐慌。

麻风病的恐慌是从林家三小子林晓光开始的。

林晓光已是年近三十,但一直没有娶妻生子,他跟着他的二姐夫陆彪在警署做事,又常常用船走私,东游西荡,吃喝玩乐,还逛窑子,同城西妓院的头牌"一品红"打得火热,染上了不少恶习。林家一直为这个最小的儿子头痛。

这天晚上,他同一帮猪朋狗友喝酒打牌回来,已几近天亮,他睡到太阳竹竿高才爬起来,却感到浑身无力,口渴难受。他也不怎么在意,以为是一般的感冒发烧,像平时一样,过几天就好了。

但这次却很奇怪,持续近一个月时间,不但不见好转,皮肤还开始发痒,先从后背开始,好像有一群群数不清的蚂

39 恐慌

蚁在爬行蠕动,寻医问药后一直无效。三四个月后,他开始手烂脚烂,这时经关湛庭医生诊治,才确诊为麻风病。这仿佛一声炸雷,在这片土地上传开来。

偏偏凑巧,蜂筒堡的邻近两村又出现了两个病例,这真是无巧不成书。

"这病是传染的,如不及时触灰,会祸及后代子孙,是要灭族的。"

当时村民认识有限,一时产生了极度恐惧的心理。

不大的县城里,这事马上在大街小巷传开了,人们议论纷纷,搞得沸沸扬扬。

"这林家小子作威作福,造孽太多,是报应啊。"

"拈花惹草,花天酒地,是花柳病发作啰。"

"是不是日本鬼子所为?我听说日本鬼子能制造一种细菌,一撒下来,让人中毒染病,百药难治。"

还有传得更甚者,说是江、林两家的橡胶园林所致。传言说青峰山为江、林两家祖宅龙脉,在这山上开垦种植橡胶树,挖掘伤了龙脉,橡胶水有毒,所以林家小子染上了这种病,这是报应在子孙身上,是现世报。

一传十,十传百,议论纷纷,莫衷一是,惶惶不可终日。最怕的是人心的惊慌,人心的惊慌是最大的惶恐。

此时,最高兴的莫过于韦海彬父子。他们听到这消息后,高兴得跳了起来。

我们飘荡的河流

"这是打垮他们的最好机会,真是老天都在帮我。"韦海彬兴高采烈地说着,"他们靠这橡胶园赚钱,又开船班航运,建设商会大厦,收买人心,搞得风生水起,处处给我下套,整蛊打压我,现在正是我扬眉吐气的时候了。"

"虽然这次是林家小子得病,但确实也可狠狠打击他们的嚣张气焰。"韦润庆说。

"我们现在就是要再加一把劲,派人到村民中造舆论,形成压力,加一把油,让他们江、林两家自动把橡胶园的树砍伐光,使他们自己办不下去。"韦海彬说。

"这就是民心不可欺。老爸,你这招真是高呀。"韦润庆奉承地说。

"看吧,好戏就要开场啰。"韦海彬得意扬扬地说。

当然,此时此刻,最心急如焚的自然是林崇业一家。

李芳草哭得死去活来:"这不知是造了什么孽啊,要如此来惩罚我。都是你那什么胶水惹的祸,好好的,你要去搞什么橡胶林,到处乱挖,现在搞出事来了。"

林崇业被妻子的哭声搞得心烦意乱,也不知如何是好。

江姓族长二叔公江满生同林姓族中几个老者又到他家来,他们你一言我一语,在威逼着林崇业表态。

"老林,本来吧,你家光仔得了这个病,我们很是同情,年纪轻轻,还没有成家,在这个悲伤的时候,本不该来打扰你。但现在这事又是实情,再不触灰,我们全族就要灭族,

39 恐慌

你忍心吗？"

另一个又说："现在，外面到处在传说，说这是你们的橡胶园惹的祸，青峰山是我们蟾坝村、蜂筒堡村的来龙祖山，你们开垦橡胶园，挖断了龙颈，破了村里的风水。你们割下来的胶水，听说是有毒的，工人每天在捣鼓，把气味散发出来，使村民中毒，你们搞什么名堂，我们放心不下。"

江满生说："我看还是要赶快叫广明回来商量，早做决断为好。"

林崇业赶到高城江家，把情况说了后，江广明、林晓理等一同回到蟾坝村应对这事。

江广明说："二叔公，你不要太糊涂了，这是一条活生生的人命，怎么能触灰呢？"

李芳草哭天喊地："亲家，这可如何是好呀，他们是要逼我们林家绝后啊。这是天灭我们林家，明哥你可要替我们做主啊。"

林晓理安慰她说："阿妈呀，你要保重身体，不要哭坏了身子。"

"亲家母，你不要难过，我们可以把光仔送到广州大医院治疗，相信大医院的医术高，会有办法把光仔的病治好的。"江广明也说。

江满生说："广明大侄子，这是族规呀，动不得。这林姓同我们江姓村子毗连在一块，同为青峰后背山，他们族老已出面干涉,我们不好办呀。况且你同老林是亲家,你出来为他们讲话,别人会相信吗?"

江广明气咻咻地说:"人命关天,哪得儿戏,族规也是为保族人生命安全制定的。"

"老哥,不要让他们为难,按族规,触灰吧。"林崇业痛苦地下了决心。

"老林——"江广明还想说什么,林崇业已决绝地摆了摆手。

"这真是天杀我呀——"李芳草撕心裂肺地大哭。

这是一幕惨绝人寰的场面,许多老人犹记得当年的场景。

那是一个漆黑的夜,族人已经预先叫来四个仵作佬,在村子的后山边上挖了一个大坑,放了一大坑水,然后倒进十多箩筐的石灰,石灰遇到水后立即在坑内发生化学反应,沸腾滚烫,冒出滚热的浓烟。这边,在蜂筒堡林家大院里,家人在骗林晓光,让他沐浴后,请道士在大院里替他祈福消灾;把他灌醉后,交由仵作佬将他装进箩筐抬到坑边,马上将他推入沸腾的石灰坑内……

这就是惨无人道的"触灰"事件。

一时间,人们谈"麻"色变。愚昧的人们试图以"触灰"来消灭让人胆寒的麻风病。

江广明等为消除村民的误解和恐慌心理,组织附近江、林两姓的村民、老者代表数人,带他们观看了胶园的割胶工

39 恐慌

艺技术。

为防胶水挥发,便于凝固,割胶是在子夜过后的凌晨开始,这时气温比较低,空气清凉。一把胶刀,在橡胶树上离地面一两米高的位置,沿着树皮切开一道弯口,使树中的胶汁沿着弯口滴下来,地上放着一个小碗。一个小时左右,当树皮停止滴出树乳汁时,把一棵棵树下的小碗胶水倒进木桶里,就是一桶桶清澈晶莹的乳胶了。

乳胶经凝固后,就要及时运送出去,加工制成塑料品,这就是更高的技术了。

村民目睹了割胶流程后发现,这乳胶汁就像牛奶般清香扑鼻,根本不是传闻的所谓橡胶园半夜要点灯火,驱逐树中毒气。人们消除了误解,恐慌心理也逐渐消除,人心慢慢安定下来。

我们飘荡的河流

40 / 跋涉

经此打击后,林崇业同李芳草好长一段时间都沉浸在悲痛中。

林崇业因为生意和商会的事在高城奔波,渐渐抚平了心灵的创伤,心情慢慢好转起来。

李芳草呢,开始时少言寡语,过了一段时间,却开始自言自语,喃喃不休,原来已是精神失常,发疯了。

她走在村头,披头散发,说:"光仔,你走得快,水很烫,要小心啊。"

又不时在说:"光仔,你没有结婚,我要叫六婶给你说门亲事哈。"

林崇业请来关湛庭医师上门诊治。关湛庭把着李芳草的脉,缓缓地说:"嫂夫人这是痛失爱子,急火攻心,气郁丹田,又未能及时疏解,一时情绪反应过激所致。"

"可不可以恢复常态?"林崇业关切地问道。

40 跋涉

江广明也恳切地说:"关大夫,还万望你全力救治。"

"两位大哥请放心,我会全力而为。先开条方子,拾几服中药煎服后,慢慢调理,排郁化气,徐徐纾解心结,方可见效。"关湛庭说。

"那就拜托关大哥了。"林崇业说。

"我还要多说几句,嫂夫人这病乃是心病,所谓心病要用心药医,嫂夫人痛失爱子,心里受此重击,内心极为痛苦,这就是心伤。心的疗伤,要想好得快,亲人的关心、陪伴、安慰极其重要。大嫂这段时间在村子里,屋虽大,但亲人一个个都不在这里,没亲人在身边陪伴,心里孤独,加上在这个环境里,也会让她时时忆起爱子去世的惨状,这都是发病原因。"

关湛庭说的极是,林崇业在高城打理生意,两个女儿结婚后,林晓理已有三个孩子,每天忙于生意经营、孩子上学。林晓道同陆彪结婚后,两人却是同床异梦,很少在一块,她现在《高州民国日报》上班,每天写稿、编稿,忙得不亦乐乎,也无暇顾及自己的老母。

本来到县城住下来最好,但高城不安全,日本的飞机时不时就飞到城中的上空,扔几颗炸弹,逼得人们四处躲避,人心惶惶。

这总不是办法,江广明就跟林崇业、林晓理商量,把李芳草接到蟾坝村江家大院住下来,同周全英生活在一起,两亲家母有伴，生活上也有个照应。

李芳草在江家大院住了一段时间后，服了药，情绪似乎有所平复。

入冬后，天气渐冷了，到腊月二十八，天奇冷，下了冰雹。第二天起床时，村民看到地面结了很厚的霜。这是近年来鉴江大地最奇冷的一个冬天。

这场冰雹还把江、林家的橡胶园里的一些小橡胶树冻死了。这场冰雹后，林家大院后面青峰山后背，就有一群乌鸦晚晚在叫喊。

开始时村民不太注意，但渐渐感到奇异，按说，这大冷天很少有乌鸦出没。

李芳草偏偏在这个时候嚷着要回蜂筒堡林家大院。她喃喃地说："光儿，他回来喊我了。"

蜂筒堡村民又开始恐慌起来，还说得有鼻子有眼，说见着林晓光的身影在树林里晃动。

他们在窃窃私语："看来林家小子是阴魂不散呀。"

"就是，总感到林家周围有一股怨气。"

"是报复来了。"

议论一多，林家终于坐不住，开春后，请来了道士，做了一场三天三夜的大斋，打醮做法事，祈求死者魂灵安息。

春天到了，乌鸦没了踪迹。

只是李芳草渐渐卧床不起，在清明节前离开了多姿多彩

40 跋涉

的人世。

此时,在高城,林家的二女儿林晓道正悄悄地做着出发准备,出发的目的地——革命圣地延安。

林晓道同陆彪的婚姻名存实亡,她对这桩包办婚姻一直非常不满,两人形同路人。

这事首先还是江振人悄悄同她提起的。江振人当时正在高城中学读书,他们受到革命书籍的启迪,正准备出发投奔延安。

他们约了几位志同道合的同学,各自筹集路费,不动声色地做着准备。当时,高城中学在乡间办学,离城有十多公里。这帮学生在准备时,家里并不知情。

江振人的准备工作做得好,万事俱备,就缺路费了。他心里非常纠结,要不要告诉自己的母亲,母亲含辛茹苦把自己拉扯大,自己又正读着书,这么一走了之,很是于心不忍。如果告诉母亲,她反对的话,就根本走不了;不告诉母亲,路费怎么解决?他为这事已是万虑千愁。正为这事头痛着的那天,他刚好碰到小姨林晓道来他的学校采访校长冯宏图。

《高州民国日报》上开设了一个林晓道采编的栏目"全民抗战·各界在行动",而且成为品牌栏目,深受市民的喜欢。她的文章成为许多市民争阅的文章,他们觉得"很带劲,敢讲""确受鼓舞",还写了感谢信。林家二小姐一时成为全县的名人。《高州民国日报》一时版面为之一新,订量也

我们飘荡的河流

大增,成为抗战时期南路高雷地区影响最大的报刊。

这天,总编江柏劲见林晓道走进办公室,便对她说:"你这个栏目,好像少了一个人的声音,那就是我们的冯宏图校长,他可是我们知识界的老大呀。"

"总编说得对,冯校长是大才子,我们高城的文化泰斗,当然离不开他的发声。"林晓道说。

于是,她今天便来到高城中学,请冯校长做一个访谈。访谈结束后,她对冯校长说:"我那个大外甥仔,在你这里还好吗?我有一段时间没见着他了,想看看他。"

冯宏图赶快回应说:"啊,你不提起,我都忘记了。你这大外甥仔,真是聪明过人,有胆识,有智慧,人才呀。"

这样,江振人便见着了林晓道。这便是无巧不成书。

两人说着一些家常话。

末了,江振人嗫嚅道:"小姨,你能不能借些钱给我?"

平时,江振人没有向家人开口要过钱,这次突然开口要钱,就使林晓道心里多了个心眼:"你不够伙食费了?还是要购买啥书?抑或欠人钱了?"

江振人说:"姨,你想到哪里去了,你说的这些都不是,我就是有急用嘛。"

"你不对姨说实话,姨怎给你嘛。"林晓道追问。

"我对你说,你可不能对我妈说,要不,我宁愿不要你的钱。"江振人终于拗不过林晓道的追问,把实情说了。

"原来是这样。"

林晓道知道事情原委后,她思想也激烈地斗争了两个夜晚。终于,她下定决心,冲破这封建婚姻的樊篱,投身伟大的革命事业。

林晓道同江振人等几个热血青年学生,取道梧州、桂林、重庆、西安,经历半年多时间才到达延安。其间,他们还在桂林、重庆等地进行抗战宣传。他们投入了伟大的抗日战争,以后又投身解放战争。江振人后来进入东北解放区,二十世纪五十年代参加抗美援朝,以后一直在北京工作。林晓道后来随部队南下,回到广东省,在省妇联工作到离休。

二十世纪八十年代初,当耄耋老者冯宏图见到回到高城的林晓道时,还笑着对她说:"你这个才女,想不到以采访我为掩护,然后悄无声息就走了,那篇文章成为你留在《高州民国日报》里的最后一篇文章哩,时人都感叹遗憾呀。"

我们飘荡的河流

41 / 斗争

当江家他们得知江振人离开时,已是五天后的事。

"这小子看不出,悄悄就溜了。"江广明说。

"爸,仔大父无权,振人长大了,他有他的选择,让他去闯荡他的路吧。况且,现在全民抗战,他到前方去,我们也应该支持他。"林晓理说。

倒是林晓道走后,陆彪狠狠地说:"便宜了这贱妇,早知道她私自出逃,我就该一枪毙了她。"

他的母亲宋美莲说:"都是你长期冷落她,否则,她会跑路吗?不过这也好,走了也省心,不用她每天在报上写那些东西,不停地鼓噪。反正结婚这些年连屁都不放一个,不是啥宝。让她走,走得远远的,眼不见为净,也正好腾出窝来,你趁早再找个年轻姑娘,早日生个孙子出来,就谢天谢地啰。要不,我陆家都要绝后了。"

广东的抗日民族统一战线队伍不断发展壮大。潮汕、东江、琼崖等地陆续成立抗日游击根据地。琼崖抗日武装力量在冯白驹等人的领导下,开展艰苦卓绝的战斗,但因为物资匮乏,战士生活十分困难。南路离海南岛较近,上级党组织指示,由南路党组织发动群众支持海南武装斗争。

陈信材、彭中英、车振伦、江宇飞、方民杰等广泛发动乡村工作队、妇女工作队、学生队员,集中全县十多台缝纫机,组织几十名熟练针线女工赶制被服,组织铁匠等打制大刀等武器,支援前线战士。

江广明、林崇业的橡胶园,没有因为敌机的轰炸而停产,相反,还不断施肥,扩大种植,加紧割胶,运送到广州制胶厂制造胶鞋、胶布等产品。南安轮船公司的商船在运送抗日物资中也发挥了极大的作用。

南路抗日形势的发展高涨。张炎领导的民众抗日自卫团同共产党合作出现新局面,接连进行了一系列惩治汉奸运动,取得了歼灭日伪运输队的胜利。这令国民党顽固派感到害怕,他们担心南路赤化的局面一发不可收拾,于是对张炎大肆诽谤,说张炎是赤化分子,在南路学习苏联那一套。

1939年1月,国民党五届五中全会通过了蒋介石的《限制异党办法》《共产党问题处理办法》,发布了"防共、限共、溶共、反共"的密令;6月,国民党反动派制造了震惊中外的平江惨案。这时南路的政治形势也发生了巨大的变化。蒋介石的亲信、特务头子蔡进军窜到茂名、电白等地,组建区、县的反共组织——三民主义青年团,并分别向各地反共顽固派面授反共和制造摩擦的机宜。国民党省政府又在信宜设立南路行署,任命梁超群为行署主任,美其名是加强省对区的行政领导,实际上就是就近监视张炎的一举一动,对七区所推行的许多有利于团结抗战的措施横加阻挠。陆彪升任了茂名县县长,马化开升任了警察局局长,这帮人都视张炎的专员公署和抗日武装力量为眼中钉、肉中刺。

梁超群声言要追查张炎组建学生队的经费、装备来源。南路行署不时派遣特务到民众抗日自卫团的学生队部、乡村工作队里进行侦查,拉拢分化队员,暗地里从学生队等的墙报中摘录"苏联是我们的朋友""向苏联学习"等字句,断章取义,肆意歪曲,大肆宣传"红花庙里开红花",叫嚷"学生队已经赤化了",为取缔学生队制造舆论。从1939年冬开始,在整个七区的上空,已是乌云密布,大有"山雨欲来风满楼"之势。

2月的早春,春寒料峭。天刚亮,江宇飞、周洪波这支宣传队伍就要出发到茂名东部的云潭一带进行宣传。

"飞哥,你不穿制服?"周洪波见江宇飞不穿制服,故有此问。

"我们这次深入山区,张贴、散发传单,换上便装,更方便工作。"江宇飞说。

这是中共高雷工委通知的一次统一行动,散发第十八集

41 斗争

团军的通电,开展一次强大的政治攻势。当时,中共中央为回击国民党的反共高潮,公开发表《第十八集团军致国民党中央的通电》,揭露反共顽固分子制造分裂、破坏团结抗战的罪行,要求国民党当局惩办平江惨案凶手,反对国民党制造分裂,号召坚持团结抗日。党组织专门召开会议,研究如何完成这次行动,决定采取秘密行动的方式,尽量广泛张贴散发传单,而且一定要由党的骨干负责。周洪波不是党员,自然不知道具体情况。

他们到达云潭地界时,天已大亮。

江宇飞把周洪波背上的一大捆传单取过来,放到自己肩上的袋子里,说:"看你累的,还是我背吧。"

他们一路张贴,一路谈笑,不到一刻钟,突然跑来几个荷枪实弹的地方自卫队士兵,不由分说就将他们俩逮捕,把他们送到云潭乡公所的队部。

一个佩戴上尉领章的小头目搜出他们还没发完的传单,声色俱厉地问:"这是你们的传单吗?你们是干什么的?要老实交代。"

江宇飞向他解释:"我发的是抗日部队第十八集团军的印刷品,纯是正当的行动,是你的战士发生误会方才将我逮捕,现在请长官马上释放我。"

哪知这家伙却恶狠狠地说:"哼!说得好听,散发异党传单,攻击国民政府,不是汉奸就是共产党。上峰有命令,要立即逮捕严办。"

江宇飞的大脑在飞快运转,从他们说话的口气已听出,这帮人是接到上峰的命令才敢这样干的,他们说的话全是"通令""命令"一类。看来当地反动派早有戒备,采取了统一防范措施,江宇飞的行动一开始便被跟踪盯梢,到达几分钟内,刚开始张贴不久,就遭到这帮家伙的逮捕了。这肯定是国民党顽固派故意制造摩擦的一起反共逆流事件。

他们把江宇飞两人关在不同的小房子里,而且此时他们已知道周洪波是香港青年学生爱国服务团的团员。

江宇飞快速判断,他必须争取主动权,要同区公所进行交涉。他索性换上制服,亮明工作队长的身份,对其负责人说:"区长,现在事情已经很明白了,散发第十八集团军致国民党中央的公开通电,这完全是工作队的正常工作,只因我昨天穿着便服,下面的武装部队不认识,以致错捕,请你将我释放。"

可是这个区长竟对他耍起滑头来:"江队长,你说得有理,这并不是什么要紧的大事,但这是部队经手的事情,我区公所不便擅自做主,只好暂时委屈你们一下,等到了县里,问题自会得到妥善解决的。"

江宇飞想:也好,只要一到高城,把我们交给张炎专员,很快就会恢复自由的。他便不再多费口舌与其争辩。他们被解送到茂名县政府后,张炎专员公署抢先留住了。在简单地

41 斗争

询问了情况后,两个卫兵亲自将他们送交给专员公署的特务大队看管。

江宇飞他们被解送到高州城,立即被张炎部队收管,没有落到反动派的手里,但是情况并不如想象的那么简单。到茂名县新垌乡张贴传单的另一组人员周崇和、文允武两人也被逮捕。周崇和是学生队的副中队长,文允武也是香港青年学生爱国服务团的成员。看来这是一起有预谋的针对性事件。受党组织委派,方民杰以工作队同事的名义来进行探望,并秘密传递消息:国民党七区党务督导处及南路行署梁超群一伙,现正大肆宣扬"传单事件"是共产党活动的证据,提出要由南路行署会同专员公署直接审理。他们企图通过这一案件的处理,达到一箭双雕的目的。一是通过追查传单来破坏共产党组织;二是以此对张炎施加强大政治压力,把张炎搞垮。党组织指示他们一定要扫除幼稚幻想,同国民党反动派进行一场不可避免的严酷斗争。作为一名共产党员,一定要经得起这次斗争的考验,保证在监狱里、在法庭上都要坚定立场,严守党的秘密,既要绝对不暴露党的组织,又要保护张炎将军不受牵连。要对审讯中可能提出的各种问题,认真思考,随机应变,做到斗争有理、有据、有节。

"请转告党组织,我江宇飞是老党员了,一定不会让组织失望的,请组织放心。"江宇飞坚定地说。

在江宇飞他们被解送到高州城的第二天,国民党七区督

我们飘荡的河流

导员陆运程从广州赶来南路,会同南路行署主任梁超群、国民党县长陆彪等人进行密商,决定以南路行署的名义,命令专员公署将江宇飞等四人解送信宜,由南路行署直接审理。

"江宇飞这个人思想赤化,民国十六年间就在茂名发动农运,这十多年间潜往外地,据他说是教师,但此人一直行动诡异,我看他八成是中共地下党,这次一定要查个水落石出。"陆运程说。

"他在学校时就是极左思想,死脑筋。"梁超群说。

"现在是国共合作共同抗战,党国对他既往不咎,他却还是不思悔改。这次抓到他的把柄,一定要对他严查追究。"陆彪升了官,意气风发地说着。

"我们一定要给张炎施压,看他还敢不敢包庇共党分子。"马化开说。

高雷党工委知情后,及时向张炎建议,一定要坚持将江宇飞等人留在七区专员公署审理,以取得今后具体处理的主动权。这个建议得到了张炎的同意,于是七区专员公署便以案件发生在七区所属地方,专署有责任先行调查审讯,待弄清案情后才上报南路行署处理为由,拒绝执行行署的命令。南路行署见一计不能得逞,就又施用新的计谋,指定由七区国民党督导处和保安司令部参与专署的审讯,实际上是企图以此来操纵整个审讯工作。

高州城红花庙里,临时布置了一个审讯室,江宇飞同他

41　斗争

们的较量正式开始了。国民党七区的督导员陆运程和保安司令部的上校军官主审,七区专员公署派员陪同。

开始时他们照例问江宇飞的姓名、籍贯、年龄和职业。然后,督导员陆运程扬起手中的传单问:"这是不是你散发的传单?"

江宇飞不屑一顾地说:"是的。"

陆运程接着问:"你知不知罪?"

江宇飞大声地抗议:"乡村工作队、学生队是做抗日宣传工作的,散发传单有什么罪?"

陆运程步步紧逼:"你伪造传单,造谣惑众,攻击政府,破坏国共合作,犯了汉奸罪,你还不承认?"

这真是恶人先告状,贼喊捉贼!陆运程竟先给江宇飞他们扣上了"汉奸"的大帽子。江宇飞细心一想,莫非敌人是想从传单的真伪上来个突然袭击,诱使他说出传单的来源?绝不能上当!于是江宇飞决定以攻为守,给他来个反击。

他从容说道:"传单明明是抗日军队第十八集团军致国民党中央的通电,是公开的文件,怎能说是伪造?传单内列举的事实是揭露抗日队伍中少数反共投降分子企图分裂国共合作、破坏团结抗战罪行的。我们散发这些传单,正是为了唤醒大众,制止分裂,坚持团结抗日,这是爱国行动。如果把爱国说成有罪,那么,那些蓄意制造分裂、干尽亲者痛仇者快坏事的家伙,又该算什么呢?"

陆运程还不死心："你说说,传单里列举的东西哪些是事实?你是怎么知道的?"

江宇飞冷笑道:"例如'平江事件',就是已见诸全国大报、国人尽知的事实,其他都不用说了。"江宇飞正义的声音驳得他们哑口无言。

陆运程一时语塞,想了好久才问:"你既然说你发传单是正当行为,那为什么你要化装,又为什么要用假名呢?"

陆运程提出这两个问题时,扬扬自得,自以为这回抓住要害,殊不知,江宇飞早就料到这两个问题,而且已慎思准备腹稿:"江飞燕是我的笔名,也可作别名,所以那天我回答这个名字。我在广州读书时就用这个笔名,《高州民国日报》发表我的一些新诗、杂感,用的就是这个名字,想必督导员大人日理万机,是没有余暇去看这些东西的。"江宇飞说到这里,已看到陆运程脸黑一阵白一阵,便又继续侃侃而谈:"至于那天我为什么穿着便服,那是事有凑巧。前一天晚上,为了改善队员们的伙食,我们几个人到田边照田鸡,把制服弄脏了,第二天只好穿便服,并非有意化装。"

敌人从江宇飞嘴里没得到什么有用的情报,审讯就这样草草收场。但敌人不会善罢甘休,过了几天,又进行了第二次审讯。这次审问的重点是追查传单的来源,采取软硬兼施的手段,千方百计地企图迫使江宇飞说出党组织的情况。

问:"上次你说传单不是你们伪造的,这个我们也相信,

41　斗争

像这样铅印的文件,谅你们自己也造不出来。现在你要照实说,你们发的传单是从哪里来的。"

对于这个问题,江宇飞早已预料到他们会提问。这确实是个不易回答的问题,只要稍有不慎就会暴露党的组织。为顺利搪塞过去,经过深思熟虑,江宇飞编造出一个合情合理的情节:"传单是从外面邮寄来的。那天我们外出工作回到队部,发现桌子上有一包东西,写着'学生宣传队收',拆开一看,才知道是传单。但没有写明是哪里寄来的。"

此时,保安司令部的军官显然已不耐烦,突然拍起了桌子,大肆叫嚷:"你说的全是假话,你们这次行动是共产党有计划布置的,到底是谁给你布置的任务?谁给你们的传单?你不说实话就给你上刑,给你点厉害瞧瞧……"说着便走向前,抽紧捆绑江宇飞的绳索,狠狠踢了两脚。

江宇飞被踢得隐隐作痛,但同时他更清醒地认识到,敌人这一招正好暴露了他们的虚张声势、黔驴技穷,他们对共产党组织和这次宣传攻势的情况一无所知,没有掌握什么情况。这使得他斗争的信心更坚定了。

倒是督导员陆运程诡计多端,他转了转眼珠子:"你是队长,政治负责人,又不是一般工作人员,难道从外面送来没人负责的传单,你就这样随便拿去散发吗?你怎么自圆其说呢?"

江宇飞理直气壮地回答:"我们是公开的宣传队伍,这份通电是有第十八集团军署名的公开合法的文件,于是我们就散发了。这有什么不对?再说乡村工作队、学生队都经常收到县政府、统率委员会、县党部、专署等寄来的各种法令、布告和其他宣传品,我们都照样张贴和散发过,难道这都做错了吗?"

几番交锋后,敌人企图抓住传单来源问题迫使江宇飞供出党组织的阴谋破产了。

又过了十多天,陆运程带了一个秘书来到监狱里,明说探视,实则单独提审。开始时他装出客客气气的样子,先叫江宇飞坐下,然后说:"江君,今天我单独来看你,希望我们能推心置腹地谈一谈。"陆运程单刀直入地问:"你是不是一直从事中共工作?"

江宇飞知道敌人已是黔驴技穷,再要不出什么花招手段了:"我是爱国人士,值此国土沦亡、民族危难之际,我只知道为抗日救国奔走呼号,对你们的党派政治我早就没有兴趣了。"

陆运程对此却穷追不舍:"你不要再瞒我们了,你在广州读书时就对政治非常狂热,后来回来南路参加农民运动,所以一直就是顽固的共党分子。"

江宇飞知道陆运程对自己在南路的历史是了解的,也肯定瞒不过他,因此决定先发制人,理直气壮地对他说:"我是本地人,以前在南路工作许多人是知道的,当时国民

41 斗争

政府中央农民部号召青年学生参加农运,进行社会实践,我从广州回到南路。后来,我看不惯一些人的所作所为,已远离政治旋涡,当教师为生,不问世事,前些年又回来参与家族生意。道不同不相为谋,不像你官运亨通,节节高升。自九一八事变,日寇侵占东三省,三千多万同胞沦为亡国奴,淞沪、绥远抗战,怀着满腔爱国热情,支援十九路军抗日,发动献捐等救亡运动,争取爱国自由,这是光明正大的事情。现在中华民族已到了生死存亡的最后关头,政府主张'地不分南北东西,人不分男女老幼,都要敌忾同仇,一致抗日'。张炎将军深明大义,回到南路组织开展抗战,组织宣传队、学生军、自卫团,我也出来尽一个公民的义务,这也是每一个有良知的中国人都要做的事。"

陆运程诱惑说:"江君,说句实在话,我真替你惋惜,你聪明有为,如果走上正路,肯定是国家栋梁之材。共产党是讲阶级斗争,实行共产主义的,像你这样家庭富有的人跟着共产党,将来对你会有什么好处呢?"

江宇飞说:"关于共产主义的学说,相信你也没有认真去研究,要不你现在也当不了督导大人。"江宇飞讥讽他,然后话锋一转,"但三民主义是中学的必修课程,我们都读过的,记得孙中山先生说过共产主义是三民主义的朋友,实行三民主义的最终目的是建立'大同世界',我想将来中国果真能实现共产主义,大概也就是像孙中山先生所说的'大同世界'吧?那有什么不好呢?"

陆运程碰了一鼻子灰,灰溜溜地走了,留下一句:"你如此固执,前途堪虑呀。"

几天后,七区专员公署秘书梁弘道独自到江宇飞这里来看望他。梁弘道实际是中共党员,但因为身份一直没有公开,所以江宇飞对他不甚了解,只听他问:"这段时期你有些什么想法?对专员有什么要求?我可以代为转达。"

江宇飞说:"我确实想得很多,自从前年回到七区参加乡村工作队,就在张专员的直接领导下,不为名,不为利,为了抗日救国拼命地工作。万万想不到只因散发传单这件小事,竟然遭到逮捕、受审,还不知道结果会怎么样呢。我现在唯一的要求是请张专员做主,尽快恢复我的自由。"

梁弘道沉默了一会儿之后说:"你要相信张专员是爱护人才的,你在几次审讯中回答得很好,专员很满意。但现在事情闹开了,不仅南路行署插手,就连省政府都有了案,张专员已经难以自主处理了。"寥寥数语,言犹未尽,话中有话,江宇飞知道了他话中要传达的隐意。

果然,一场更复杂更尖锐的斗争还在监外进行着。

其间,对文允武、周洪波没有反复审讯,只进行"询问",因为找不到什么证据,他们两人只是从香港回来的青年学生。周崇和是学生队的副中队长,敌人通过调查,了解到他曾在家乡合浦读中学时参加过罢课游行示威活动,因而

41　斗争

也把他当作另一个重点审讯对象。但周崇和始终坚定如一，巧妙周旋斗争，没有透露党的半点秘密。敌人费尽心机，终究没有半点收获。南路行署把矛头对准江宇飞，知他"历史复杂"，且是队长，以为抓到大鱼，想方设法从他嘴里找突破口。在整个关押期间，党组织通过宣传队的同志和江家亲属江广明、林晓理来探望，保持江宇飞与党组织的联系，使他得到指示，了解监外的情况。林晓理还通过组织茂名县商贸联合会写保举书等形式进行外围斗争。反动派在几次审讯中完全没有得到他们所需要的"口供"，但他们还是不死心。南路行署主任梁超群出面频繁催促张炎将江宇飞等人上解给他们审理。敌人的险恶用心，显然是妄想首先摆脱张炎的管辖，以便为所欲为，进一步逼迫他们供出党组织的情况，如果再达不到目的，还可能采取更毒辣的手段，甚至计划秘密将他们残害后，伪造口供，制造所谓的"七区赤化"的舆论，以对张炎施加压力。

张炎此时面临极大困难。是否要将江宇飞等人交出，他也正在面临艰难抉择。党组织正在通过各种努力，设法营救，同时要江宇飞等做好应付可能出现的各种情况的思想准备。

高雷党工委研究了两个营救方案。第一个方案，乘特务队戒备不严之机出走。但考虑到瞒着张炎这样干，会影响到今后党组织和张炎的合作关系，影响到整个七区的工作。第二个方案，尽量争取说服张炎，由他做主，将四人秘密释放，

我们飘荡的河流

或者只要他表示默许,就由党组织布置潜逃,然后共同研究应付南路行署追究的办法,这是个两全其美的方案。党组织在积极做张炎的工作,争取实现这个方案。

张炎为了妥善处理"传单事件",接连几次召开干部会议,会上两种截然不同的意见针锋相对。

保守顽固分子:"现在七区工作已初具规模,不能让'一粒老鼠屎搞坏一锅汤',我们交出这几人,送南路行署处置,公事公办,这样靶心不用对着我们,各方都安好。"

彭中英说:"当前形势下,如何处理这次事件,不是三四个人的问题,而是关系到工作队、学生队以至整个青年干部队伍的重大问题。江宇飞是乡村工作队长,周崇和是学生队副中队长,另两个是学生队的骨干,是从香港回来的爱国青年学生。如果采取不负责任的态度,随便将他们交出去,就很可能遭到残害,那政治上的损失就太大了,影响也非常恶劣,万万不能交人呀。"

陈信材耐心地劝说:"张专员,这件事你要认真考虑,自你领导七区两年多来,能有这么多人拥护你,工作上打出今天这样的局面,靠的是什么?打开天窗说亮话,主要依靠的不就是这批进步青年吗?!如果你今天把像江宇飞这样的干部随便牺牲的话,那么你所取得的这批青年人的拥护,你在南路人民心目中的形象就会大打折扣,在南路人民抗日中所取得的成绩,就会前功尽弃,威信扫地。"

41 斗争

梁弘道说:"全国反动派顽固派分子闹分裂、搞摩擦,并不是从今天开始的,也不仅仅在七区。他们一手制造的'传单事件',只不过是寻找借口,其实有没有这件事,他们也会是这样,为了坚持团结抗战,对他们只能进行抵制和斗争。"

香港青年学生爱国服务团团长刘谈锋也分析:"张专员,不要以为把他们交出去就能脱身,他们的目的是要搞垮你。欲加之罪,何患无辞?他们是什么手段也会用上的,你应当做最坏的打算。"

香港青年学生爱国服务团副团长黄秋耘也说:"我们青年学生爱国服务团的成员都是怀着一腔热血回来参加抗日工作的,张专员你当初也是真诚邀请他们前来,这些青年学生都是祖国宝贵的财富,我们绝不能把他们葬送了!"

通过热烈辩论,张炎接受了共产党的同志对这件事情的分析和指导。张炎郑重宣布:"我经过反复考虑,无论如何也不能向陆运程、梁超群之流低头,我宁愿不做官,也绝不会把几个年轻有为的同志送出去。我已经心中有数了。"

张炎已下定决心释放江宇飞等人。他秘密安排特务中队的班长陈世雄来执行。

6月下旬,一个炎热的傍晚,陈世雄带了一些水果及两个罐头来看江宇飞,告别时小声道:"罐头要快吃。"还用手指了一指。

我们飘荡的河流

江宇飞会意,检查罐头,其中一罐已开了一个小口,从中抽出一张小纸条:"今晚后半夜行动。"

凌晨三时,陈世雄带着两人到达守卫门口,手脚麻利地将守卫打晕,捆起来,打开了门。江宇飞一看,原来是杨英豪和方民杰。

陈世雄匆匆地说:"党组织决定,由这两名拳师来护送你们。"

江宇飞说:"感谢党组织,感谢杨师傅,你已两次深入虎穴救我了。"

杨英豪说:"我这把老骨头,能为你们做点事,很值得。"陈世雄随即交给江宇飞广州湾特委的地址和介绍信。他们一行迅速逃出了高州城,急急向化县进发。上午九点多钟到达化县,陈信材同志已在化县等候。

江宇飞出走后的那天早晨,张炎才故意虚张声势地派出了两个中队的武装分子进行搜索和追捕。随后张炎亲自召集特务大队的干部会议,郑重宣布:"关于江宇飞等人越狱逃跑的事件,是你们防范不严,应当处分。"并呈文报告行署:"……案犯江宇飞等四人越狱潜逃,经追捕未获……"梁超群得知消息后,火冒三丈,大发雷霆,怀疑张炎是私释,却抓不到把柄,也就无可奈何。

江宇飞到达化县,住了两天。陈信材雇了一只小机动船,在杨英豪、方民杰的护送下,从鉴江下梅菉经海路到达广州

41 斗争

湾。他们随即按地址找到了中共南路特委的联络机关——大风书店。书店的经理，正是香港青年学生爱国服务团的副团长黄秋耘，原来刘谈锋、黄秋耘都是共产党员。

鉴于江宇飞原来做过交通线工作，周洪波又是从香港回来，特委决定派遣江宇飞到香港工作。

张炎释放江宇飞等人后，知道不为梁超群、陆运程等一帮国民党反动政客之流所容忍，被迫辞去一切官职，并且为暂时免受国民党反动派的迫害，只好到香港避居，旋又出国考察。香港沦陷后，张炎避居柳州。在各解放区向日寇举行大举反攻、夺取抗日战争最后胜利的阶段，张炎回到家乡吴川县塘㙍樟山。在中共南路特委的领导下，经陈信材、梁弘道等策动，张炎同共产党南路人民抗日解放军合作，举行武装起义，成立高雷人民抗日军，同国民党反动派决战，夺取南路抗日胜利。1945年1月14日凌晨宣布武装起义，张炎任军长。国民党反动当局惊慌失措，他们集中优势兵力进行围攻，起义部队被打散，梁弘道等牺牲。张炎取道广西，被国民党反动派逮捕并杀害于玉林东岳岭。

我们飘荡的河流

42 / 营救

香港沦陷后,一大批文化界进步人士和其他爱国人士滞留在香港,中共中央、南方局指示,必须尽快护送他们回到内地,使他们安全回来,脱离险境。江宇飞到达香港后,在党组织领导下,立即投入护送滞留在香港岛、九龙一带的爱国人士的紧张工作中,开展秘密营救工作。

"太好了,我们又在一起了。"周洪波对能同江宇飞在一起工作感到非常高兴。

江宇飞却非常清醒:"秘密营救任务很艰巨,我们要有充分的思想准备。"

他们接到的最特殊的一次任务,就是护送国民党第十二集团军司令余汉谋的夫人回内地。

"国民党大官的老婆?"江宇飞不解地问。

组织负责的领导刘文正同志开导说:"你不要有疑虑,这是我党统一战线工作的需要,余汉谋原布防广州,退守韶

42 营救

关后,现在形势迫使其进步,民众运动的发展,推动其民族觉悟的提高。他也急于摆脱被动局面,招收一大批进步青年参加其政治总队,我党的党员就有两百多人,已在其部秘密成立中共组织。这次就是他通过我党内线要求组织帮助护送夫人回去的。他的夫人是国民党上官云相的胞妹,余汉谋同广东国民党军队薛岳、张发奎、陈济棠、李汉魂、邓龙光等都有千丝万缕的联系,做好这次营救护送对我党的统战工作是十分重要的。"

刘文正接着说:"党组织给你这个任务,考虑到你是粤西人,周洪波是你表妹,与你同行,能更好地配合。你化装成余夫人的随从,帮忙提行李,小波化装成她的保姆。他们还有几个小孩,考虑她的情况特殊,我们过河准备单独用一只小船护送。"

"我服从组织的决定。"江宇飞说。

刘文正说:"我们要仔细研究路线,确保万无一失。从前几批秘密回内地的线路看,主要有东西两线,目前走西线比较安全,即从九龙经青山道、荃湾、大帽山、元朗,渡过深圳河,进入梅林坳,到宝安白石游击根据地后,就由游击队护送,你们俩的任务就算完成了。"

这一天凌晨三时,他们一行出发,有五十多人,一路上还比较顺利。他们分乘三只船,两班文化界人士上了前面的两只大船,江宇飞他们八九个人上了一条小船。过河是最关

我们飘荡的河流

键的一步,也是最后一步,这里有日军的碉堡、岗哨,还不时有敌机盘旋轰炸。

在快要上岸时,他们真的遭到敌机袭击。前面两只大船已上岸,只剩下江宇飞的小船。敌人碉堡里的机关枪不时向海面扫射。

江宇飞当机立断,让船夫掉头往澳门方向开进。澳门在珠江口西岸,要跨越珠江口,风高浪急,船剧烈摆动。周洪波急忙走过去扶住余夫人,就在这一瞬间,周洪波一个趔趄,跌入了滚滚的珠江水。当江宇飞望过去时,周洪波只在水中扑腾了一下,露了一下头,留下一句"不要管我",就不见了踪影。

江宇飞眼睁睁地看着自己的表妹被江水吞没掉,却无能为力。

小船终于在澳门靠岸,下得船来,江宇飞一行在澳门住了几天,然后再坐车经中山、顺德、英德,到韶关,经历千辛万苦到达韶关第四战区司令部。

余汉谋见到自己的夫人、子女、家属一个个都安全抵达时,流下了激动的泪水:"太感谢贵党了,你们真是我真诚的朋友,你们为我所做的一切,余某毕生难忘。"

"江生为了我们一家,他表妹都淹死了。"余夫人说。

"我们军队急需要你这样的人才。江生,我真诚希望你能留下来。"

42 营救

当时,韶关已成为广东战时的政治中心。经向党组织报告,党组织考虑江宇飞的情况,认为安排其到余部工作,有利于党的统一战线事业。于是,江宇飞进入第十二集团军政治工作部,实际任余汉谋长官侍从室秘书。

这期间,江宇飞还与杨刚智联系上。其时,杨刚智在第四战区邓龙光部任团长。

"大哥,我们又走在一起了。"杨刚智说。

我们飘荡的河流

43 / 挣扎

日本投降后,国民党反动统治集团加紧策动内战,疯狂掠夺抗战胜利果实,使千千万万为抗日而浴血奋战的人民大众,在胜利后又陷入水深火热的生活之中。

高城中,反动县长陆彪加紧控制舆论,命令各乡、保、甲加紧盘查,马化开加紧军警巡逻。

"必须同他们开展针锋相对的斗争。"茂名县党组织负责人梁昌东在认真思考。

从哪里入手呢?他们决定从茂名师范学校开始。茂名师范是一所中等师范学校,按照国民政府规定,每个学生每月可发稻谷四斗作为生活津贴,学生绝大部分家境贫寒,生活比较艰辛,希望通过读师范来解决生活困难和谋生问题。随着国民党反动派发动内战,茂名县当局以要支援前线打仗、财政吃紧为由,停发学生的津贴,这激起师生的强烈不满,议论纷纷,怨气很大,就像一个火药桶,一点就爆。

43 挣扎

同时,茂名师范有很深的组织基础和群众基础,车振伦现在公开的身份是训育主任兼学校会计,有一批共产党员,以教师、庶务、杂工等身份开展地下工作,还有一批像江振华等在校就读的进步学生,只要因势利导,周密组织发动,一定能取得成功。

梁昌东和高城党组织负责人林其材召集人员秘密开会:"现在是最好的时机,我们一定要抓住广大师生对国民党反动当局扣发薪饷、津贴支持内战的极端不满之机,因势利导,发动一场群众性的反饥饿斗争,配合全国革命形势,教育广大人民群众,特别是青年学生,认清国民党反动当局假和平、真内战的反动腐朽面目,狠狠打击国民党反动派的嚣张气焰。"

党组织制定了详细的计划,第一步就是在学校大造舆论,广泛宣传。

不久,茂名师范学校到处都在议论:"既然政府说没有钱给我们发薪饷、津贴,为什么又有钱拿来打内战呢?"

"政府不给我们发薪饷、津贴,是不是贪官污吏从中作梗、中饱私囊了呢?"

老师在课堂上讲述了《硕鼠》《离骚》等故事。学生还编了话剧进行演出。一名学生把一个瓦煲吊到旗杆顶上,名曰"吊煲",形象表示断炊无饭食之意。

第二步,组织师生代表成立请愿队到县政府参议会,提

我们飘荡的河流

交请愿书,要求政府尽快发放薪饷、津贴。

党组织和进步党员到高城中学、高州农校等串联发动,要求声援支持,整个事件已在高城沸沸扬扬。

这天,江振华回来拿衣服,哼着歌曲,步伐轻快,心里很高兴。

林晓理问:"你们学校现在情况怎么样?"

"我们的斗争热火朝天,现在是白热化,不出几天,就会有大游行。"江振华说。

"你们要注意安全,女孩子出门,要特别小心。现在政府当局管得严,他们有刀有枪,枪子里可不长眼。"林晓理说。

正如江振华所说的,茂名师范学校的师生正全力组织大游行。早上九时多,一千多名师生在学校大门口集中出发,他们高唱《义勇军进行曲》,经城东门街口,直入中山路,沿途振臂高呼:

"坚决打倒贪官污吏!"

"我们要吃饭!"

"立即补发教师薪水和学生津贴!"

"我们要和平,不要内战!"

震耳欲聋的口号吓破了国民党茂名县反动当局人员的胆。反动县长陆彪赶紧打电话给县警察局局长马化开,破口大骂:

"你这个警察局局长是怎么当的?共产党搞的游行队伍都把我县政府门口包围起来了,还不快来弹压?饭桶!"这边刚

43 挣扎

扔下电话,那边又急急向国民党高城保安司令部报告,要求赶紧调兵布防。

当国民党警察赶到时,同游行队伍在县政府门口对峙。游行队伍歌声嘹亮,口号震天。

马化开气急败坏:"不许唱《义勇军进行曲》,再唱,我们就开枪了。"

师生大声说:"抗日的歌曲为什么不能唱?"

马化开被驳得哑口无言。

师生继续高喊:"我们要见县长!"

"我们要和县长对话!"

狡猾的陆彪一直不敢出来对话。国民党县政府当局只收了请愿书,一个工作人员出来说:"老师们、同学们,你们的意愿我们都知道了,现在是非常时期,我们了解师生的难处,但政府目前也是困难。不管如何,政府是体谅大家难处的,我一定转告县长大人,想方设法发放大家的薪水和津贴。大家行走了大半天,先回去休息,给县长五天时间,我们再答复你们!"

初战告捷。

五天很快过去,但国民党县政府当局依然没有动静。对于如何把斗争引向深入,取得最后胜利,县党组织及时召开会议进行分析研究。

梁昌东说:"目前,斗争进入关键时期,我们不能气馁,不能灰心,要敢于斗争,也要讲究策略。"

林其材说:"我看敌人的意图是拖延,搞缓兵之计。"

车振伦说:"一定不能让敌人的阴谋得逞。"

林其材说:"我们要继续扩大斗争成果,组织一次更大规模的示威游行,给反动当局施加压力,迫使他们答应我们的要求。"

八天后,茂名师范学校爆发规模更大的示威游行。这次行走路线几乎沿着高城走了一圈,从城东、南关街、西城门,再回到中山路县政府,人数也已增加到两千多人。上次胆小、谨慎、观望的一部分师生也加入队伍中,队伍更雄壮,口号更响亮。

这次县政府依然连个人影也没出来。

只有警察在牢牢把守着县政府大门。到了下午,师生只好陆续散去。

原来,国民党县政府当局果然改变了策略。正如所分析的一样,他们是缓兵之计。高城保安司令部害怕引起民变和共产党起事,他们急电国民党广州行营和广东省保安司令部,加强了兵力布防,调遣了一个团来高城警戒,而这个团长正是杨刚智。

他们加强了对城东粮仓的守卫。

陆彪他们认为,秀才造反,十年不成。这几个老师、学生闹不出什么名堂,让他们叫嚷,不用理会,他们热闹一阵,

43 挣扎

过过瘾,累了,疲了,自然就过去了。

党组织再次进行研究,要坚决斗争到底,一鼓作气,绝不能半途而废、前功尽弃。决定从曝光国民党县当局人员贪污受贿、腐化堕落、囤积居奇的行径入手,在《高州民国日报》上披露,引起广大市民群众的支持和共愤。为此,就要想方设法争取杨刚智的理解、同情,求得支持。

当然,在共产党组织开会时,国民党县当局也一刻不停,他们正紧锣密鼓地进行反扑。

此时,在县长陆彪的别墅里,他们正觥筹交错,庆祝他们的初步胜利。

"杨团长衣锦还乡,回到高城,保境安民,我们好福气,鉴江大地定可平安无恙。"马化开献殷勤说。

陆彪也恭维道:"正规军就是不同,老同学从军校出来,一路节节高升,飞黄腾达。我在这穷乡僻壤,一待多年还是老样子。"

杨刚智淡淡地说:"都是党国利益所需。"

陆彪说:"目前,我们对付这帮共党死硬分子,只有一个办法——拖。我们开出取粮条,让他们到石龙、石鼓两地粮仓取粮,但兄弟知道,那两个粮仓根本没粮,这些共党分子是提不到粮的。如果他们不信,我们可以打开粮仓让他们看。拖延下去,他们闹一闹,最后也就没辙了。"

马化开说:"这个办法高明,我们的粮食藏在东门岭粮库里,那里有杨团长的兄弟把守,我们一定会高枕无忧、万事大吉的。"

两天后,陆彪在军警的护卫下,耀武扬威地到茂名师范学校训话:"现在是戡乱时期,你们不要再闹事,闹事是要杀头的。老师教授学业,要明事理,辨是非;学生在校要以读书为主,不要乱想异动,防止为不轨分子所利用,耽误了大好前程。政府已知你们的要求,正千方百计想办法解决,你们也要给我们时间来解决。经我们研究,先发给师生提粮单。"

果然,这只是反动政府的缓兵之计,师生拿着提粮单到石龙、石鼓两地的粮仓根本提不到粮。守卫说没有粮,还大方地打开粮库让他们看,果然是空空如也。

"我们给他们骗了。"车振伦说。

林其材说:"看来我们要按原计划行动。"

这天晚上,在观山虎威武馆杨家住地,杨刚智刚吃完晚饭,正在和父亲杨英豪闲谈,杨英豪催促他生孩子:"刚智呀,你也老大不小了,这几年你随部队到处开拔,跟宇翔聚少离多,现在回来这里,安定下来,你要赶紧给我生个一男半女。你妈经常唠叨,说要抱孙子。"

杨刚智说:"阿爸,你看我现在公务缠身,哪有心情想这些事,顺其自然吧。"

江宇翔说:"爸,这个事急也急不来,刚智的公务事倒

43 挣扎

很急呢。"

梁玉珠问:"现在茂名师范学校的老师和学生闹得正凶,我听说老师都有两三个月没有发饷了。唉,这世道如何是好?"

正谈着,外面便传来江振华的声音:"姑父回家来了吗?"

随着她的声音,她同两个人走了进来,是林其材、车振伦。打过招呼后,林其材开门见山地说:"我们来找杨团长,是有要事相商,请杨长官借步入屋说话。"

他们一行人便步入里屋说话。

林、车把情况跟他一一摆开细说,最后强调:"现在国民党反动派统治已是日暮途穷,奄奄一息,马上就要完蛋了,希望杨先生看清前途,为自己考虑。"

杨刚智答应帮忙。

当下他们一众人商量,以杨刚智巡查防备为名,林、车两人化装成卫兵跟随其进入粮库,然后拍好照片。

这个办法非常可行。

三天后,计划果然实施成功,林、车拍到了照片。

《高州民国日报》以头版头条的醒目标题刊出:"一边是断炊吊煲,一边是囤积居奇,请看这是什么政府。"并配发两张相片。这张报纸一经印刷面市,立即销售一空。反动政府当局偷偷囤粮支持内战的真相被暴露无遗。

陆彪大发雷霆，却也无可奈何，迫于社会舆论压力，终于把所克扣的薪饷和学生津贴如数补发下来。茂名师范学校反饥饿的斗争取得了胜利。

44 起义

1949年,中国人民解放军以摧枯拉朽之势进攻国民党反动政权,国民党反动政权已摇摇欲坠。

茂名县的这批国民党政府人员、军官也都人心惶惶,各自心怀鬼胎。

中共高州地委、茂名县委决定成立兵运工作组,策动国民党起义,迎接解放。

高州城,国民党保安司令部,此时,刚上任的专员吴斌正焦急地踱步,为城防之事焦头烂额。他正在对陆彪训话:"简直就是一群饭桶。"

"专员骂得对,属下办事不力……我一定不让他们再闹事。"陆彪唯唯诺诺。

这段时间里高城的学生罢课,市民罢市,搞得人心不安,所以吴斌才大发脾气。

"还有,要密切关注姓杨这小子,据密报说,他可能有二心,有异动。要加紧监视他的一举一动,发现问题马上报告。"吴斌又道。

"属下照办!我已经安排眼线在姓杨的身边,只要稍有风吹草动,我都会知道的。"陆彪说。

原来,杨刚智已被保安司令部监视。他们怀疑上次茂名师范学校的反饥饿斗争,在《高州民国日报》上的照片就是杨泄露出去的,但又查无实据,为加强对高城的警戒,已把他调离,调到电城防备。陆彪升任警备团团长,同时还兼任茂名县县长。姓陆的升了官,与杨刚智同级别,新官上任,意气风发,自然想表现一下。

"把他调离高城,这有利有弊,他出去,免除了高城的危险,但把他调出去,又等于是放虎归山。如果他在电城起事,联络各方,攻下水东、梅菉城,再进攻高城,挥兵北上,同南下的解放军一道,对高城形成合围之势,高城就很难抵挡。这姓杨的思想一向极左,又同江家有千丝万缕的关系,江宇飞这小子一直都是秘密共产党员,我听说,他现在已是薛长官身边的高参,我看这迟早也是一枚定时炸弹。"吴斌说。

正如吴斌分析的那样,此时杨刚智的心里也矛盾,国民党大势已去,何去何从,就在一瞬间。他深知身边有很多特务监视他,稍有不慎,就会丢了身家性命。他正不知如何是好。

明知山有虎,偏向虎山行。在这个彷徨的日子里,杨刚

44 起义

智决定干脆回一趟高城,一是以探亲的名义,自然而然;二是回到高城来,敌人反而放松了警惕,他可以适时同共产党暗中接触,打探虚实,见机行事。

杨刚智回到高城后,先到司令部向吴斌汇报电城沿海一带的布防工作。吴斌果然认为他这时敢回来,估计暂时不会轻举妄动,因而稍微放松了监视。

杨刚智回到家,立即通过江宇翔找到林其材、车振伦。林、车等人跟他进行了推心置腹的交谈:"现在形势发展很快,人民解放军已渡过长江,马上就将解放华南,国民党大势已去,末日就要来临,蒋介石完全陷入了人民战争的汪洋大海之中,部署薛岳、余汉谋、邓龙光等部固守,只不过是垂死挣扎而已,完全救不了他们覆灭的命运,希望杨先生你早做打算。"

因为有之前在茂名师范学校反饥饿斗争的合作,双方谈得很投机,一拍即合。

地委当即决定由车振伦打入敌人内部,以新招聘的秘书身份进入杨刚智保安团侍从部,实际是我党的党代表,随时同党组织联络。

国民党反动派军队节节败退,党组织指示江宇飞随国民党部队退往海南岛,长期潜伏,伺机做策反工作。途经电城时,他专门约杨刚智见了一面,进行了推心置腹的交谈。

杨刚智说:"大哥,现在国民党已成惊弓之鸟,大势已

我们飘荡的河流

去,兵败如山倒,你还是留在这里,同我们一起干。"

江宇飞说:"我还有另外的重要任务,要到海南岛去,争取策反部分国民党兵士起义,接应海南岛解放。虽然这个任务很艰巨,但只要还有一线希望,我们都要努力争取。我党的政策你是懂得的,你要早做打算,加入人民队伍,才是光明的出路。"

杨刚智说:"大哥,我会认真考虑你的意见。你也要多保重,在敌人的眼皮底下,一切小心为好。"

江宇飞的一席话,对杨刚智触动很大,加上车振伦进入杨部后,也积极做杨刚智的工作:"现在的形势十分清楚,国民党的垮台是注定的,你一定要为自己早做打算。"

杨刚智说:"你们的话我都听进去了,我也知道国民党没有希望了,但我真的起义了,共产党真的能原谅我的过去吗?你知道,我过去同你们共产党是打过仗的,我参加过'剿匪'。"

车振伦说:"只要你以国家大局为重,愿意站到人民这一边,真正弃暗投明,过去的一切,共产党是既往不咎的。你为人民解放立了功,共产党政府肯定记住,也忘不了的,这点请杨先生一定要相信我们共产党的政策。中国有句古话叫'识时务者为俊杰',人生一世,不求流芳百世,也不要遗臭万年为好。"

杨刚智说:"现在国难连年,民不聊生,我决定响应共

44 起义

产党的号召,高举义旗,讨伐独夫民贼蒋介石。"

决心已定,他们接着研究具体的一些事项,考虑到部队起义后,孤军深入,容易被敌击破,共产党游击队将全力配合他们。不管开到哪个游击区,都会得到拥护和支持,部队的军饷、粮草等给养与共产党军队一样待遇,不会让兵士饿肚子。全体官兵起义后,按照党的一贯政策,编入解放军序列,同解放军一样,一视同仁,官兵平等,享有解放军官兵所享有的一切权利,对过去的一切旧账一笔勾销,既往不咎。

计划等广州解放后,大军向南路挺进时才公开起义,以免遭到国民党的围攻,减轻起义后的压力。

促使杨刚智下定决心,商定了方案,这边情况却又起了变化。原来,当人民解放军万马奔腾,疾驰南下,逼近广州时,国民党已觉羊城岌岌可危。各地国民党军纷纷起义,薛岳也感觉到杨刚智部的"异动"。一方面,他拍了一封电报给高城守备司令部吴斌,要其"密切注意杨动向,防备其'异动'。如有,格杀勿论";另一方面,电令杨刚智火速将部队开往海南岛待命。同时他命令其嫡系部队、闽粤边区"剿匪总司令"喻英奇乘军舰从海上开来,准备从水东登陆,接管电白一带防务。

情况突变,必须火速决断。

10月15日,杨刚智火速召集营、连军官会议,正式宣布起义。

杨刚智斩钉截铁地说:"我决定跟共产党走,全团起义,走向光明的道路。"

车振伦代表共产党地方党委表示祝贺。

起义部队和共产党游击队炸毁水东到袂花江的四座大桥,烧毁所有渡船,切断茂名至电白的公路,阻止喻英奇部队的追击。

起义部队急行到达分界,准备攻打高州城。此时高城守军吴斌急如丧家之犬,假装谈判,以暂缓起义军的进攻。起义部队考虑敌强我弱,如强攻伤亡会较大,准备等待人民解放军南下大军到达后,再合围进攻高州城,因而将计就计,北上转攻信宜,于10月23日攻克信宜县城镇隆。

国民党反动政府在做最后挣扎,一批顽固死硬的反共分子正策划着逃亡行动,实施罪恶滔天的炸城计划。

吴斌派人妄图炸毁发电厂和鉴江大桥。当派出的一队官兵去炸发电厂时,电厂的职工及时发现,跟他们进行了搏斗,打死了几个士兵,其余士兵四处溃散,最终阴谋未能得逞。派去执行炸桥任务的士兵,因感于大义,主动放下武器,向人民解放军缴械投降。电厂和鉴江大桥都保存了下来。

陆彪此时更是心怀鬼胎。他看到自己即将失去一切权势,心里涌起极大的绝望。他恨共产党夺去了他的一切;他恨江家、林家、杨家。这几十年来,他陆家同他们争斗,最后还是输了,输得很惨,输得灰溜溜。他心里是多么不服呀,他

44 起义

要报复。他即使失败了也要做垂死挣扎,做出了疯狂毒辣的掳人恶劣行为。

早晨,茂名师范学校的师生正在做早间操的时候,陆彪凶神恶煞地领着一队警车进来。他叫来校长,说要对学生训话,并拿出一份名单,煞有介事地说某某是共党分子,要采取行动。

他装模作样地进行了一番训话,然后话锋一转:"你们现在师生中有些人思想中毒很深,受共党影响严重,有些已秘密加入共党组织,妄图推翻国民政府,这是十恶不赦的行为,我们已掌握名单。"

晨操结束后,他们按名单扣留了几个学生,其中就有江广明的孙女江振华。这几个学生一看情形不对,知道这帮人不安好心,就开始大嚷:

"我们犯了什么罪,把我们关在这里?!"

"你们无权扣人!"

到达警备团后,陆彪把江振华单独拘押于一室。江振华还不知危险,大声叫喊:"你放我出来,你这个坏蛋。"

陆彪狞笑着说:"你喊也没有用,你们江家、林家对我不仁,就别怪我不义了。放你?我会放你,但不是现在,你比你那些同党的命运不知好多少了,我今晚就把他们都枪毙了。"

当时,江振华才十五岁,正是出落得亭亭玉立、如花似

我们飘荡的河流

玉的时候，是出了名的"校花"，在上次的反饥饿游行中，就被陆彪盯上了。

陆彪的毒计就是把她掳走，逃到香港后，强迫她当自己的姨太太，这既是满足他的禽兽欲望，也为达到报复江、林两家的目的。这真是何其毒也。

"你就等着捶胸口吧，江老头。"他在心里狞笑着。

陆彪没有同喻英奇、吴斌等一起逃跑。他精心谋划，当晚下命令枪杀几个被关押的共产党员，然后化装，自己开车到茂名县和化县交界的那务乡，雇了一张竹排，从罗江顺河直下到化县城，再沿鉴江而下，经梅菉到广州湾后，乘船直逃往香港。他没有像其他国民党军政官员一样逃到海南岛。

江振华被掳到香港后，迫于陆彪的淫威，二十世纪五十年代初期和陆彪生了一个女儿，六十年代，陆彪病死，她同其女移居美国。

吴斌军几乎全军覆没，他只带少数散兵游勇逃到海南岛，后又到了台湾。

喻英奇、梁超群、马化开等人在逃跑途中均被人民解放军围追击毙。

45 / 光明

两天后的 11 月 2 日，高州城解放。上午十时，中国人民解放军十三军举行入城仪式，刚任命的县长梁昌东等随同入城，在中山纪念堂举行各界人士庆祝解放大会。高州城万人空巷，普天同庆，千年古城终于迎来了光明和平的时代。

江家此时方知江振华遭掳真相。"校花劫难"事件是茂名县国民党反动派统治最后疯狂的罪证。

此时此刻，《高州民国日报》总编办公室灯火通明，总编江柏劲正在忙于校对明天出版的报纸社论《欢迎人民解放军，欢迎胜利！》：

茂名解放了！

兴奋，兴奋！狂欢，狂欢！我们茂名文化界新民主主义革命工作委员会的同人，中国新民主主义青年团茂名支团部全体团员，茂名六十多万的人民，谨以虔诚恳挚的态度，欢呼雀跃的热情，高举着欢

我们飘荡的河流

迎的手,欢迎我们伟大的人民解放军!

在过去,在蒋匪的专制黑暗统治下,我们人民所受的痛苦,实在比古书上形容的"倒悬""水深火热"等等的情形,还要惨痛千万倍!在过去,在蒋匪的文化统治政策和贪官污吏的剥削残杀的双重摧残之下,我们文化界所受的痛苦,除了衣食住行等等的物质方面的威胁之外,还要加上思想言论的不自由,以及随时有被暗杀的精神方面的威胁,然而,我们文化界是坚贞不屈的,我们除了勒紧肚皮忍饿耐寒之外,每个人都站在自己的岗位去教育我们的下一代,去唤醒人民,去发动人民的反蒋匪的力量。我们在漫长的黑夜里等待黎明,我们若"大旱,望云霓"一般地等待着解放,终于用事实来证明!强权战不胜正义,人民的力量是伟大无比的:茂名解放了!我们伟大的人民解放军胜利了!我们人民胜利了!

今天,我们以热烈殷切的心情欢迎伟大的人民解放军,但我们并不以自己本身的得到为满足,因为在海南,在台湾……还有千千万万的陷在水深火热之中的同胞,正在渴望我们的解放;我们希望我们伟大的人民解放军乘战胜之威,继续解放海南,解放台湾……解放全中国!那时我们再来一次更热

45　光明

烈的欢呼，迎接全中国的解放！伟大的人民解放军胜利了！全中国人民胜利了！

　　我们茂名文化界新民主主义革命工作委员会的同人，中国新民主主义青年团茂名支团部的团员，茂名六十多万的人民，今天以热烈欢欣的心情欢迎我们伟大的人民解放军，但我们并不因过去已取得的胜利而沾沾自喜。我们要更坚贞，更要继续努力地站在自己的岗位配合伟大的胜利，努力做好自己的岗位工作，把一切黑暗的反动的封建势力消灭干净，使我们中华人民共和国成为一个真正的民主富强的国家，这样，我们才是真正的国家的主人，才是真正的幸福的解放！

"江总编，你这篇社论写得太好了！太有感染力了，我都读得热血沸腾。"江振民说。

"我是被新生的人民政权所感动，这是真正发自内心的喜悦心声！"江柏劲总编说着，然后郑重地签字印发。

江柏劲对江振民说："赶快开机印刷。这是一个很值得纪念的日子，高州城解放的日子，也是我们旧日报的终结，更是新日报的新生。明天，我们的报头就改版为《高州解放日报》。"

翌日，头版刊载着万人空巷欢迎人民解放军入城、在中山纪念堂举行各界人士庆祝解放大会的新闻稿，连同县长梁

我们飘荡的河流

昌东的《告茂名县各界人士书》和这篇社论的崭新的《高州解放日报》立即传遍了高城和茂名大地。

一个崭新的时代到来了。

46 / 土地

晨曦初露,杨刚智站在观山上。他现在被任命为人民政府的副县长。百业待兴,难得的周末,他携妻子江宇翔来这里。他的妻子去年诞下一个儿子,他们给儿子取名杨曦。

难得的星期天,他们一家出来走走。他对江宇翔说:"曦,早晨的太阳,这名字太好了,就像我们新生的政权一样,冉冉上升,茁壮成长。还是你有文化。"

江宇翔说:"但愿我们后一代的成长没有我们那般的苦难,这就是我们的心愿,阿爸他们还嫌'曦'字笔画多,难写、难读呢,我觉得很好。"

他们对这里的一草一木非常熟悉,父亲杨英豪的武馆没有人来报名了,现在没有了学徒,开不下去了。他劝父亲:"现在是新社会,世界太平了,没有必要练武艺防身,您老就歇歇吧。"杨英豪终于放弃了他的武馆,交给了人民政府,现在开办了一间学校,让孩子上学,观山上下,不时飘来琅

我们飘荡的河流

琅的读书声。

他打量着脚下的鉴江,看着这条熟悉的伴随自己长大的河流,感慨地说:"旧社会人民做牛做马,受苦受难,在死亡线上苦苦挣扎,这片流域的群众还是吃不饱、穿不暖;新社会使人精神焕发,面貌大变样,真是新旧社会两重天啊!"

江宇翔说:"这片土地确实发生了天翻地覆的变化,推翻了几千年的封建统治,农民成为土地的主人,土地只有在农民的手中,才能焕发千年的活力。"

"蟾坝村进行了土地改革。阿爸把江家大院捐了出来,现在是作为乡人民政府的办公之地。青峰山的橡胶园收归国家农场经营后,规模不断扩大,现在正是国家大建设时期,特别是朝鲜战场打仗,需要很多军需物资,橡胶种植生产正当时。看来,阿爸的心血真没有白费。"杨刚智说。

江宇翔说:"阿爸心情现在最好,每天笑哈哈,公私合营后,他再不用为生意经营的事操心发愁了,按国家职工退休每月领工资。他整天就说'新社会好,新社会就是好',一有空就同阿妈、林叔、关医生他们饮茶、打牌。"

杨刚智说:"对呀,他们劳累了一辈子,真该享享清福了。现在忙得不亦乐乎的就是嫂子了,她担任这个县商业联合公司经理,干起来像男人一样拼命。"

江宇翔说:"嫂子就这个性格,风风火火,从不服输。"她停顿了一下,又接着说,"听阿爸说,前几天贵叔来高城,

302

告诉阿爸,他分到陆家大院三间屋哩。"

杨刚智说:"陆家挖空心思,苦心钻营,一心要做蟾坝村村民,这个愿望始终没有得逞。政府没收了陆家的房子,分给了村民,这就是还土于民。土地是多情的,作恶多端的人终不会被这片土地所容纳。陆彪的下场是咎由自取,多行不义必自毙,最终他只能逃之夭夭,客死他乡。"

"只是苦了振华侄女了。"江宇翔说。

"大哥他们几十年革命的理想,终于在这片土地上真正实现了。"杨刚智说。

"也不知大哥情况怎样?"江宇翔说。

"听说已到了台湾,大哥是老党员了,即使是在敌人的心脏中,在黑暗中战斗,相信他也不会感到孤单,一定会坚持到底的。我们等待和大哥相聚的那天,期待台湾解放、回归祖国的那天。"杨刚智说。

江宇翔说:"是啊,鉴江不停奔流,我们脚下的这片土地在我们的手上一定会建设得更加美丽富饶。"

太阳升高了,杨刚智一家缓缓走下了山。

天空晴朗,美好的一天又开始了。

2020 年 5 月 1 日劳动节初稿毕
2020 年 11 月 22 日定稿
2022 年 7 月 29 日重校毕